瑪嘉烈与大衛的最初

南方舞廳 著

《假的真得了》

林夕

遠在2008年，我已拜讀「南方舞廳」寫在網誌上的大作，飲食行情、世情、感情、歌情、政情，什麼都寫，而我是追著看的，久不久就到那裡看看有沒有新貨上市。為什麼？寫得特別好？這個，八九不離十，不在話下。

此外，我跟這位「南方舞廳」認識已有十八年，其間交往，不可謂不頻密，雖然沒有進行「飲杯嘢」這種「十分曖昧的活動」，一群人吃餐飯倒是習慣性行為。長年進行飯局，我反而是從網誌上才曉得TA這麼識飲識食，你們說，想進一步深層次了解這朋友，要不要追看其網誌呢？

食事就算了，這十八年來，「南方舞廳」本尊的感情事，我知道的，只有一宗個案，且無細節提供，模糊程度連電影大綱都不如，面子上過不去。我不是特別八卦的人，可總覺得，能夠跟你談感情事的才好算密友，尤其我寫過那麼多情詞，惹來許多身邊人，以為我真的很懂，不把我當顧問，也借隻耳朵灌灌水，透透氣。唯獨「南方舞廳」一直密不透風，平日風花雪月只談雪花，獨缺風月。要不TA沒把我當知心友，要不就是覺得情事說了也是徒然，我又不能用友情去勒索他人隱私，於是，在好奇心與關心雙重誘惑下，便做了忠實讀者。

就這樣，一路捧場，才算對這朋友的感情觀有了個眉目，直到瑪嘉烈與大衛的故事出現了，我的八勁又來了。怎麼寫得如此真實，對愛情關係一字一字的砍下去，剖腹之後，幾乎聞到赤裸裸的血腥味，莫非是真人真事？

當然，真人是否TA本人並不重要，故事卻非常像真，即使不是真事，也是從真有其事的生活片段中提取出來的劇本，總有一段一節一幕，找到自己或朋友的影子。於是，我便明白TA之前何以一言不發。

感情一事，無論真假，與其分拆散落到朋友的耳朵，倒不如沈澱過濾消化昇華整理出來，一併公開上市，讓有興趣的去認購，讓大眾受惠，才是王道。

「南方舞廳」本業是文字玩家，度橋專家。那誰？瑪嘉烈與大衛的故事，究竟有多少是用文字玩出來的虛構橋段？

我這問題又問得淺薄了。文字好，體會深的過來人，寫出來的故事，只要感情是真的，情節假的也真得了，此乃好小說法則。不信，大家讀讀看，試試看。

《喜愛　寫》

Wasabi　甲午來臨前的第四天

有些人出書，為的是虛榮！給自己身上抹點才氣，方便在頭銜上加添作家二字，自我感覺良好一番，以為能自添身價！

有些人出書，純為喜愛；喜愛文字、喜愛寫！

前者會等一個機會，機會來之前，或先設法令自己有點知名度，或是儲點錢。現下香港，三兩萬便能自資出書，要才氣嗎？有財氣便可！

後者也會等一個機會，但機會來到之前，他們不會多做別的，只會——寫！因為他們真的喜愛，喜愛寫！

前者的作品大多讀之無味，愈看愈覺得在嚼樹皮，因為他們出書，除了浪費紙張，便想不出別的原因來。後者，就算只是發洩的塗鴉文字，也叫人看得津津有味！這就是文章的生命力！而這種生命力，只有真正喜愛文字的作者，才能寫出來！

此書作者，若不屬後者，哪值得推薦？其次是，這人跟我相交近二十載，是交心的摯友，但這多年來，只一次跟我談心事！我絕對是上佳的聽眾，也是絕頂的獻計者，不獲垂青，只因此君是個心思細密的人，不止書寫能力比語言表達能力高，還是喜愛在文字裡建構自我世界的人。這種人寫的感情，定必獨到！

這十多年來，南方舞廳在這都市的不同樓層生活和工作過，接觸的人全都是範本式樣，俗稱人辦！是冷眼看世情也好，是投入仿旁觀也好，這書內的愛情故事和愛情觀，就是值得細嚼回味的，你我都市人寫照！

甚麼是愛？甚麼是人生？在得知答案前，還是少些計算、少點功利，就憑衷心而純粹的喜愛開始，好嗎？

此書，開始 讀，便會 愛！

目錄

第一章 最後誰愛多誰愛少誰傷害誰怎說得準

第二章　和情人討論香腸這件事很親密

第三章　損失了一個好人也損失了跟黎明握手的機會

第四章　吻的激烈程度不代表愛的深淺度

第五章

有過去的瑪嘉烈　才有現在的瑪嘉烈

第六章 戀愛這回事如抽生死籌 都是各安天命的

外傳

如果有平行時空的話

第一章

誰 愛少 誰 傷害 誰 怎 說得準

最後 誰 愛多

酒紅色

"It's been seven hours and fifteen days"

每一次分手瑪嘉烈都喜歡播着這一首歌，她不會一邊聽一邊流淚，憑歌寄意是一件老套的事情。只是每一次和情人分手之後，大概相隔一星期，她便會在家中一邊聽着這一首歌，一邊收拾那一段感情的遺物。這是一個指定動作，更像一個儀式，如七月十四要燒衣，不經過這一個步驟，不清場，心便不安。

一如以往，瑪嘉烈今天又在收拾。

這是大衛第一次送給她的禮物，那是一本書：《中文輸入法入門》。大衛就是一個如此不浪漫的人，她記得她着大衛教她中文打字，其實只是想情人之間的肢體接觸有另一個層次，想他的手和她的手在同一個鍵盤上廝磨、糾纏。大衛第二天便買了這本書給她，叫她先自行了解，有了基本知識，再練習。

瑪嘉烈將這本書放進垃圾袋。

再有大概三十隻藍光ＤＶＤ，正版來的，統統都是他們一起看過的戲，每一隻藍光的盒內都夾了兩張戲票票尾，那是某一年的情人節禮物，原來大衛一直都保留着那些票尾。

瑪嘉烈將DVD放進垃圾袋。

還有一瓶紅酒，那是他們相識的年份，瑪嘉烈把紅酒開了，把酒倒進馬桶，然後按動沖水掣，馬桶回復平靜之後，周邊遺留了一圈酒紅色的漬，瑪嘉烈嘆了一口氣，她把酒瓶放進垃圾袋。

還有一系列首飾、項鏈、手鐲、耳環、太陽眼鏡……

瑪嘉烈統統把它們放進垃圾袋。

打開另一個抽屜，有一條鎖匙，那是大衛家的門匙，那是他們感情的里程碑，瑪嘉烈記得他給她門匙時，大衛的手在顫抖，她也有一點緊張。

瑪嘉烈把鎖匙從鎖匙扣解下來，把鎖匙放進垃圾袋。

抽屜裏還有一些紙張，怎會是情信？這年頭怎還有人會寫情信，那些是他們去旅行時收集的資料，畫下過記號的地圖、餐館的名片、火車票根，諸如此類。

然後，瑪嘉烈看到自己的名字，那是一張白紙，白紙上面寫滿她的名字，中文、英文、橫書直書、大楷細楷，縱橫交錯。

她還記得那是一個陽光普照的早上，她睡眼惺忪的看到大衛坐在案頭前不知在寫甚麼。就是這張寫滿她名字的紙，每一筆都是大衛在想念她時的證據，每一畫都和大衛的心跳相連，瑪嘉烈偷偷的把它據為己有。

她把這張紙，放回原處，關上抽屜。

Nothing compares to you 歌剛好播完，儀式剛好完結。現在，瑪嘉烈想聽《酒紅色的心》，譚詠麟的版本好，還是原裝安全地帶的好？

司機 他

大衛大學畢業之後輾轉做過幾年投資顧問，轉眼間便儲了一些錢，足夠他買一個的士牌，成功成為一名的士司機。大學生開的士有甚麼問題？大衛覺得沒有一份工比的士司機來得穩定，反正他又喜歡駕駛，做多少個小時，甚麼時候開工，在哪裏開工，非常有彈性，的士司機是大衛的 dream job。

他第一次遇上瑪嘉烈是一個繁忙的星期一早上，大衛有時會喜歡早上到半山區兜客，因為他想享受被爭奪的優越感；早上在半山區，劉德華行過也比不上一輛的士受歡迎。眼前就有幾個在等的士的人向大衛招手，停給誰，大衛有絕對的自主權，這天他掠過了幾個憤怒的眼神，停給在最遠處的瑪嘉烈。

瑪嘉烈一坐進車廂，大衛便聞到一陣幽香，有些女人的香水濃度足可淹沒一個堆填區，但瑪嘉烈這身香就是清，如竹林、如桔梗，有點迷迭香，還有點壽司醋，大衛不禁從倒後鏡偷看這位乘客。

自此之後，大衛每一天都會去瑪嘉烈上車的地方等候她，有時等到，有時等不到，瑪嘉烈有時會看着窗外，有時會看雜誌，但就是不會玩電話。

十分鐘的車程是大衛每日最享受的時光，有一天他聽到瑪嘉烈接聽來電，聽到她的聲音，大衛開心了半天。他知道瑪嘉烈的工作地點，大衛也試過在放工時間在瑪嘉烈工作的大廈等候她，不過試過幾次也等不到，反而等到幾個要過海的乘客，見他的的士亮了旗，以為是九龍的士。

他載過瑪嘉烈已經很多次，但他都沒有和她說話，他自己坐的士也最怕司機和他搭訕，尤其是在早上。這天，大衛又成功截到瑪嘉烈，大衛在享受着瑪嘉烈的香味時，瑪嘉烈和大衛說：「那麼巧，又是你。」

大衛支支吾吾，緊張得不懂回應。

瑪嘉烈更說認得大衛是因為他的中文名字。大衛總覺得父母是戲弄他，怎會有人替自己的兒子改一個沒有退路的名字，因為這個名字，他幾十年來都不敢遲到。

他的中文名字是「王守時」，大衛看看寫在司機證上的「王守時」有點沾沾自喜，他第一句跟瑪嘉烈說的話是：「你可以叫我大衛。」

乘客她

瑪嘉烈和一般的女性不同，她裝身的花費很少，對購物的興趣很低，化妝品款式有限，用光才會添置，高跟鞋有一兩對傍身，買衫只會去年輕人商場，但她卻會毫不吝嗇的坐計程車。

每天一出家門就只想立刻跳上計程車，夏天太熱、冬天太凍、雨天太狼狽，計程車是唯一出路。

早上繁忙時間在半山區等的士，完全是緣分的演繹，有時候不請自來，有時目送它們離開，有時以為得到手，轉眼又被人搶了；早上等的士更令瑪嘉烈看清楚世上是沒有無條件的紳士風度。試過有多少一身熨貼西裝，氣宇軒昂的「精桃文」，明明計程車要停在瑪嘉烈面前，立即化身攔路虎把計程車堵截，對女人沒有一丁點惻隱之心。

瑪嘉烈等的士從來不會走上前一點前一點再前一點，她是正宗等愛的女人，願者上鈎。這天已等上十分鐘，在她前面就有好幾個焦急的上班族，他們一見的士，管它有客沒客都先招手再算；想不到這輛車，越過所有前面的人，不偏不倚，停在她面前。

愛慕　達到瘋癲程度

車內傳來張國榮的歌聲，之後她留意到這輛計程車的音響很好，有後置喇叭、重低音，這司機都算有要求。瑪嘉烈從倒後鏡的反映看到司機的樣子，的士司機這行業有年輕化的趨勢，這位的士司機的髮腳修剪得很整齊，穿 polo shirt，幸好沒有反領。

生活靜靜似是湖水　全為你泛起生氣

迷惑我　能迷惑我你一個

為何離別了　卻願再相隨　為何能共對　又平淡似水

之後，一星期有兩三天瑪嘉烈也會遇到這輛的士，而每一次她坐進車廂傳來的歌曲，都會令她不禁看着窗外，因為那些歌曲都配良辰美景，聽着這些歌只低頭玩電話，實在太浪費，這短短的車程是愜意的時光。

這的士播的歌有時還有主題，下雨的時候會播和雨水有關的歌，如《分手總要在雨天》、《雨天沒有你》、《雨中的浪漫》，今天，傳來這首歌：

情緣總不會準時　若真的可以　能和你未一起便白頭
未算遲情人總不愛守時　或者總可以
能容我盡情的開心一次

這是瑪嘉烈最喜歡的一首王菲歌曲，她把身探前一點，她想看看司機證上面的名字，他叫王守時。

這王守時身上傳來的古龍水香味，如樹林、如柑桔，有點海草、有點黑醋，濃而不佬。有人說，兩個人開始互相吸引是由香味開始，不知道王守時有沒有聞到她的香水呢？

後約會

瑪嘉烈不知道這種本能是她獨有還是所有女人都有，也許是所有女人都有吧，那就是知道有人喜歡她的本能。

根據《無間道》的邏輯，如果有人很不專心地在做其他事情，但他又同時看著你，那個人一定是警察的話；那麼有人為你做了一些事情，而他又不讓你知道，那個人一定喜歡了你。

瑪嘉烈一向不乏追求者，都是被她看得穿的追求者，而且百發百中。多數人都喜歡別人喜歡自己，不過不是瑪嘉烈，每次發覺有同事、有朋友、有朋友的朋友對她有那種好感，她便會設法躲開，她不是不喜歡戀愛，她只喜歡選擇人，不想別人選擇她，她又不是超市的貨物，為甚麼要讓人選擇？

在一段感情關係裏她喜歡有主導權，除了因為主導權，也因為是她喜歡的才選擇，多了一種肯定，而不是因為別人喜歡她，她才去喜歡那個人，她不太需要被人愛慕的虛榮。

況且，她根本不覺得自己有甚麼值得人喜歡的地方，男人都只是喜歡她的外貌。今天有多迷戀她，過了三兩個月熱情便開始退卻，有心人不是那麼容易遇得上，她太清楚了。

瑪嘉烈覺得最近自己的荷爾蒙有點變異，有時她會故意讓一些人得逞。好像今天，她應了約。對於約會，瑪嘉烈經驗豐富，中高低價的餐廳都有人選擇，大多數人都選西餐，大多數人都選擇有信用卡優惠的餐廳。跟一個人吃飯，是觀察一個人的最好機會，看他點甚麼菜，看他的食相，看他對侍應的態度，總可以對他的人品看出幾分。

今天約會她的是一個以前在工作上認識的合作伙伴，一直透過社交網絡和瑪嘉烈有一句沒一句的搭訕來保持聯絡。

他到達餐廳便如識途老馬般以「我是熟客」的態度向瑪嘉烈推介餐廳的招牌菜。進食時，呷一口酒，吃一啖菜，然後做出享受的樣子，再搭一句食家式的評語，如雞有雞味，口感有層次；不出所料，吃到一半，廚子出來打招呼，瑪嘉烈只是報以微笑，這一切都與她沒有關係，她只是想多喝幾杯。

最近的約會，瑪嘉烈都比平時喝多了一點，這是她故意的，因為她需要步履蹣跚，然後登上大衛的計程車，喝到有點酒意，她才敢坐在前座，司機位的旁邊。

不知道大衛在等她的時候會聽甚麼歌呢？

醉後決

大衛沒有喝酒的習慣，習慣的意思是在日常生活不需要酒精，偶然和朋友聚會可以喝一點點，但一定不會喝醉，他尤其討厭喝醉了那種不由自主的感覺；而且他從未見過醉得俊朗，醉得有風度，醉得乾淨的男人，簡單來說，喝醉的男人一定醜態畢露，不用爛醉，只要有幾分醉意，紳士都變老粗，大衛比較喜歡清醒的自己。

女人便不同，雖然都有醉得像乞丐的女人，但至少在變乞丐之前，總有一點媚態，平時硬朗的會變得騷軟，平時騷軟的會變得更騷軟。

大衛現在是瑪嘉烈的專用的士司機，瑪嘉烈會預先告訴他晚上會去哪裏，問他有沒有時間接她，大衛又怎會沒時間呢？都說的士司機是一個十分自由的職業。

最近幾次瑪嘉烈都會叫大衛接她回家，大衛留意到每次的情況都是和不同的男人單獨約會，而他們從餐廳走出來的時候都是一前一後，然後瑪嘉烈便會一個箭步衝上車；奇怪的是，瑪嘉烈是衝上計程車的前座，只有大陸人在大陸坐的士才會這樣做。

瑪嘉烈第一次坐在前座，差點把大衛嚇壞，這是大衛和瑪嘉烈的最近距離，大衛反而緊張起來。然後大衛發覺瑪嘉烈應該有一點醉意，瞥見她兩頰泛紅，身上有一種熱燙的氣息，她扣安全帶時有點忙亂，大衛待她扣好安全帶之後便開車。

有了酒精的煽動，人便會興奮起來，晚上的瑪嘉烈變得十分開朗，大衛心想為甚麼剛吃完了一頓飯還不覺累，好像約會才剛開始一樣。

有了幾分醉意的瑪嘉烈變得很健談，她聽到大衛正在播 *Careless Whisper*，她告訴大衛她不喜歡 George Michael 但喜歡 Andrew Ridgeley，她不喜歡 Jude Law 但喜歡 Jack Black，她喜歡的都不是主流，甚至乎接近奇怪的選擇。

這是大衛知道瑪嘉烈的第一個比較私人的資訊。

瑪嘉烈説話的時候一直看着窗外，把手肘倚在窗邊，手撐着頭，大衛希望這段車程可以繼續駛下去。

每一次瑪嘉烈的酒醉程度都剛剛好，只是微醺，不論做甚麼都好，最難拿捏的就是不多不少。

瑪嘉烈似乎十分擅長。

紅黃藍

有些男子對駕駛十分着迷，十八歲生日就立即要去學車，然後一日司機，一世司機，落街買麵包都要駕車。

大衛對車或駕車沒有特別的喜好，他駕車只是為了一首《紅色跑車》，那是太極的一首名曲，年輕一輩可能不知道太極是甚麼，他們是一行七人的樂隊，是八十年代的代表，當年與達明是有得fight的。

當年大衛有個女朋友是太極的粉絲，非常喜歡《紅色跑車》這首歌，他們每天一起上學的時候有時會聽着walkman，兩個人一對耳筒，播着的就是太極的歌，當然少不了《紅色跑車》。大衛還記得女朋友曾經傻氣的跟他說，以後你駕着紅色跑車，我們一起去流浮山吃海鮮，大衛也傻呼呼的說好。

大衛一直沒有忘記這個約定，到了十八歲他便去考了車牌，也在盤算着不日會買一輛三四手的紅色跑車，他幻想了很多次他拿着車匙在女朋友面前說一句："Let's go to highway baby"的情景。可惜，等不到那一天，女朋友已移民他去，大衛之後買過很多次車，但也就一直沒有駕過跑車，他覺得他不會為其他女人駕跑車。

直至認識到瑪嘉烈，她是長久以來大衛的第一個乘客。

日常出行，瑪嘉烈喜歡坐計程車，也喜歡坐地鐵，也喜歡坐巴士，路面塞車便搭地鐵，想看風景便坐巴士，哪種交通工具方便便坐那一種。大衛喜歡瑪嘉烈這種性格，有些女人要她們乘坐公共交通工具好像要她們去賣淫似的，她們以乘坐私家車為一個矜貴的指標。

大衛希望每一天都可以接載瑪嘉烈，也因為瑪嘉烈不會駕車，甚至可以說是十分討厭駕駛，從來沒想生命中會有駕駛執照這回事。大衛也不明所以，不過沒所謂，大衛樂意做瑪嘉烈的司機。

這天，大衛載着瑪嘉烈，電台忽然播着《紅色跑車》，大衛問瑪嘉烈喜歡紅色跑車嗎？瑪嘉烈想了想，淡淡然的說，其實她比較喜歡法拉利。

法拉利？大衛只想問她喜不喜歡《紅色跑車》這首歌，想不到會得到法拉利這個答案。

一個不會駕車的女人為甚麼會喜歡法拉利？甚麼心態呢？瑪嘉烈真是謎一樣。

大衛在盤算着不日可能可以買一輛三四手的法拉利，然後載着瑪嘉烈去流浮山吃海鮮。

紅色？也許不，「黃色的跑車是帶着神秘」，「藍色的跑車是帶着神秘」都一樣行，何況大衛已有一輛紅的。

遊車河

曾經有人跟瑪嘉烈講過，揀男朋友一定要揀有車的，說這句話的人真白癡，一街都是車，但不是一街都有俊男，你說那一樣比較罕有？

到了有一次戀愛，瑪嘉烈終於明白，當和對方相對無言，人又累，不想在街上遊蕩但又死都要見面的時候，車就是最佳的避風港，跳上車，縱然漫無目的但美其名為遊車河，又是一個拍拖節目。

通常一段戀情加入了太多遊車河環節對瑪嘉烈來說即是代表其命不久矣，只有在相處之中再沒有火花才經常去遊車河，瑪嘉烈是這樣想的。

大衛第一次對瑪嘉烈說不如去遊車河的時候，瑪嘉烈差點想哭，因為她是真的喜歡大衛，她不想這段感情這麼快便完結，他們相識才不過幾個月，那麼快便要遊車河？

但是，原來在熱戀的時候叫你做最討厭的活動，是完全不會介意，甚至可以提升那個活動的地位。

年輕時，瑪嘉烈經常有個狂想，就是上一架的士，然後給的士司機一千蚊，再瀟灑地說一句：司機，踩盡佢。她想知道最後會去到哪裏。

今天，登上大衛的計程車，瑪嘉烈第一件事就是落錶，按下那 Hire 按鈕的感覺是多麼新奇，一般人都沒有這個機會吧，瑪嘉烈好像坐上穿梭機般興奮。

難得大衛沒有做那行厭那行的煩惱，公餘時依然那麼喜愛駕駛。他們過了一條隧道又一條隧道，過了一條橋又一條橋，瑪嘉烈只覺眼前的景色愈來愈遼闊，天色也不斷的轉變，風景可以這樣好看，原來遊車河還有這麼多路線的。

以前她去遊的車河都是淺水灣、山頂、赤柱、石澳，播着的都是電台的節目，又或者駕駛者想給瑪嘉烈一個很型、很有生活品味的感覺，於是乎在車上播Kenny G，瑪嘉烈只感到暈車浪，她寧願聽Kenny Bee。

大衛是一個很好的司機，也是一個很好的DJ，遊車河和音樂應該是一個配套。大衛沒有問她想聽甚麼歌，但是每一首歌瑪嘉烈都很喜歡，今天大衛一直都在播周杰倫。

瑪嘉烈不知道咪錶有沒有跳到一千蚊，但由黃昏一直到天黑，車一直駛着，終於抵達了目的地，這時候傳來周杰倫的另一首歌，雖然，周杰倫每一首歌都是一樣，但這一首是瑪嘉烈最喜歡的：

手牽手 一步兩步三步四步望着天
看星星一顆兩顆三顆連成線
背對背 默默許下心願 看遠方的星
如果聽得見 它一定實現

初初聽這首歌的時候，瑪嘉烈一直幻想着歌詞的畫面，幻想誰會和她背對背。

今晚，她看到遠方有一顆星，還許下了一個願望。

遊車河也不錯喔。

夢裏人

人人都有夢中情人，瑪嘉烈也不例外；人人的夢中情人在每個階段也不同，瑪嘉烈也不例外。

夢中情人，顧名思義就是發夢時的戀愛對象，就算實現都只是存在夢中，夢醒了，便完了，能再見嗎？誰也不知道。

瑪嘉烈的第一個夢中情人是呂方。當年看《新紮師兄》的時候，同學們都在迷梁朝偉，梁朝偉和梁朝偉，但瑪嘉烈偏愛高佬泉，很喜歡呂方那雙矇豬眼，傻傻戇戇，十分可愛；女生們都嫌呂方矮，梁朝偉也不見得很高吧。總之，那時候瑪嘉烈很迷呂方，人家買劉德華、梁朝偉的相，她買呂方的，一日要聽幾次《你令我快樂過》才覺舒坦，聽的時候當然幻想呂方唱「如酒的笑窩 一見未平靜過」是對着自己唱。

瑪嘉烈還將零用錢省下，為了買「雙星演唱會」的門票去看呂方，「雙星」就是呂方和張學友。在那個演唱會，瑪嘉烈發覺原來張學友的眼睛比呂方大，但是也屬於單眼皮一族，在那一晚之後，瑪嘉烈便開始情迷張學友，她多麼希望張學友的首本名曲是Smile Again瑪嘉烈，而不是瑪利亞。

張學友的每一張唱片瑪嘉烈都有買，他的每一套電影都有看，連那些甚麼《南北媽打》、《我要富貴》、《太子傳説》統統一看再看。有一陣子，張學友和羅美薇屢傳分手，瑪嘉烈多麼想介入他們，可惜當時她還未成年。瑪嘉烈對張學友的迷戀到了《每天愛你多一些》推出時簡直去到巔峰，她完全將歌詞寫的深情代入張學友這個人，雖然填詞的是林振強，瑪嘉烈覺得張學友真是一個絕世好男人，雖然那時候的張學友已經不是單眼皮。

過了不久，瑪嘉烈便發現她周旋於張學友和黎明之間。

第一次發現對黎明有感覺，時為一九九一年，那年華東水災，電視台辦了一個「忘我大匯演」的籌款晚會，黎明上台唱《對不起 我愛你》，由於太忘我的關係，唱到中段「……行近我又怕驚動你 我又怕心難……死……立定……決心以後分離」，由個「死」字開始走音，到了「立定」還未定下來。黎明那個靦覥的笑容，完全俘虜了瑪嘉烈，這個男子很需要保護，還有，他也是單眼皮的。

不知道黎明比呂方和張學友幸運還是不幸運，因為沒有「情敵」擊倒他，瑪嘉烈對他的熱愛只是隨着時間流逝，自自然然過了一段日子才沒有了感覺。

整個學生時代瑪嘉烈就是以呂方、張學友和黎明這三個夢中情人的基準去結交男同學，可惜有呂方的高度但是雙眼如戴了大眼仔，有張學友的踏實但太多青春痘；有黎明的脆弱但有姚明的身高。

瑪嘉烈便知道夢中情人應該只存在夢中，不過她記憶所及，從來沒有在夢裏見過他們，反而她清楚記得曾經和大衛高柏飛拖過手。

夢真的很難解釋，大衛高柏飛和大衛有沒有關係的呢？

手張開

瑪嘉烈自問不是一個港女，她不喜歡名牌手袋，不喜歡去蘭桂坊和陌生人搭訕，說話不會中英夾雜，討厭為女人拿手袋的男人，但這一刻，她有點懷疑自己有一點點港女特質，她為了喜歡上一個的士司機，和他開展戀愛這回事有點躑躅。

的士司機是正當職業，沒有甚麼不妥，但她的朋友圈子交往的女友們都是中環的上班族，不是專業人士也必定是朝九晚五的族群，的士司機不屬於瑪嘉烈會接觸到的圈子。

她不是這麼勢利的人，戀愛是兩個人的事情，不需要和別人交代，但瑪嘉烈要很清楚自己究竟介不介意，一想到介不介意，她又糾結起來，她憑甚麼去介意呢？如果真的那麼愛一個人又怎會介意他的職業，但還未開始又怎會很愛呢？

看看瑪嘉烈的戀愛履歷，和她交往過的算是知識分子吧，有出版社編輯、傢俬店老闆、設計師，不是因為他們的工作性質而跟他們交往，而是瑪嘉烈喜歡和有趣的人一起，可以和他們一起交換對事情的看法，的士司機，她不太肯定。

那麼對這個的士司機的好感又從何而來呢？

也許是他在車上播的歌曲，也許是他那獨特的古龍水香，也許是他不經意地從倒後鏡和瑪嘉烈交換了一剎那的眼神，也許是他每天都準時地接載她上班，也許是她要和他交換電話號碼時，他的緊張神情。

瑪嘉烈近來有叫大衛晚上接她回家，她總是故意喝一點酒，放鬆一下，然後坐上計程車的前座。瑪嘉烈第一次坐上前座，大衛有點不知所措，瑪嘉烈看在眼裏，感覺有點開心，很久也沒有男人為瑪嘉烈手足無措。

坐在大衛旁邊，她更感受到大衛的氣息，她好像聽到他的心跳聲。

瑪嘉烈回過神來，怎麼好呢？

她走進一家茶餐廳，她最喜歡到茶餐廳喝「茶走」提神。瑪嘉烈隱約聽到茶餐廳正在播放一些音樂，但音量太細，她聽不清楚。

窗外 天空每朵白雲 滿寫醉人曲譜

夜空 星星向月兒説 甜蜜是這戀愛預告

耳朵夾着一支原子筆的侍應正在引吭高歌。

有人說，財神來的時候，一定要去接他，要不財神是會生氣的；也許愛神也是一樣，他來的時候一樣要去接他，浪費姻緣，要愛神苦惱便不好。

瑪嘉烈呷一口「茶走」，她知道答案了。

失蹤記

如果你開始數算着日子，算着還有多少天可以見到他，這次是你們第幾次見面，有多少天沒有見過這個人，你已經喜歡了他。

大衛已經有一星期沒有見過瑪嘉烈，瑪嘉烈沒有電召他，即使大衛在瑪嘉烈的住所樓下等上幾個小時，也不見她的蹤影。大衛有擔心過瑪嘉烈是不是有意外，但是今時今日，只要你有智能手機，只要你有下載WhatsApp，生命跡象是無所遁形的。

大衛看到瑪嘉烈每一天都有最後的上線時間，有時候是凌晨一點，有時候是晚上十點，大衛還會湊巧見到瑪嘉烈正在在線，好幾次差點想傳信息給她，幸好都能把這一下衝動的念頭壓下去，大衛不知道為甚麼這是幸好，他只是覺得一個人突然消失就是不想被人打擾，也許是他想多了。

但是大衛就是不心息，他在瑪嘉烈住所、辦公室的樓下等，他只知道這兩個地方，有好幾次他以為看到瑪嘉烈，原來是看錯了，突然沸騰的脈搏，又平靜下來。

瑪嘉烈是不是有心避開他？他又有沒有那麼重要，令瑪嘉烈有避開他的必要；還是瑪嘉烈需要冷靜一下，但他又有沒有那麼重要，重要到要別人冷靜下來？

大衛甚至有想過是不是自己有些地方，忽然讓瑪嘉烈討厭呢？難道他有體臭？還是説錯了甚麼？大衛又幻想假如見到瑪嘉烈，他應作甚麼反應，叫她？不叫她？叫她「瑪嘉烈」，叫她「喂」？問她去了哪裏？裝作若無其事？

大衛很討厭這種胡思亂想的感覺，很無助，為甚麼人總喜歡忽冷忽熱，但回想一下，瑪嘉烈有熱過嗎？

大衛又來到瑪嘉烈的住所附近，瑪嘉烈的住所在一條斜坡之上，今次他下了車，大衛想走一走這條路，他想知道走在喜歡的人每天都會走的路上，感覺是如何。

原來，大衛比自己想像之中更掛念瑪嘉烈，一個在他的計程車上，吃過一碗車仔麵然後消失的女人。

他走到瑪嘉烈住所的對面，望着那幢大廈，那是一幢八層高的大廈，粉紅色外牆，一梯兩伙，有的亮了燈，有的漆黑一片，他一直不知道瑪嘉烈是住在哪一層，瑪嘉烈究竟你在哪裏呢？

大衛呆望着那幢大廈一會兒，就打算離開，除了離開還可以做甚麼呢？轉身往下走，大衛的心跳加速了，那是瑪嘉烈，今次他沒看錯，她正在往上行，大衛停低腳步，等候瑪嘉烈走近他。一直低着頭的瑪嘉烈感覺到前面好像有人在擋着路，她抬起頭。

這剎那他們都見到大家，大衛的心跳繼續狂奔，腿仍然釘在地上，而瑪嘉烈的笑容則比十個太陽還要燦爛。這個星期瑪嘉烈去了哪裏呢？大衛已經不需要知道。

散散步

有些人思緒混亂、心煩氣躁的時候會購物、狂吃、游水，瑪嘉烈則喜歡比較靜態的散步。散步於生理上可以幫助消化，心理上可以幫助淨化，每逢她想靜下來，瑪嘉烈都需要散步。

這個晚上，瑪嘉烈又需要散步，晚飯和一班朋友嘻嘻哈哈的打了一個火鍋，回到家氣滯胃脹，走走路最好不過。

瑪嘉烈需要散步的原因是，她正在逃避大衛。

她的老毛病又出現，每段感情開始與未開始之間都有一個逃避期，因為瑪嘉烈不確定這份感覺。瑪嘉烈太清楚自己了，她擁有一個很容易喜歡人的個性，喜歡的感覺很容易便會有，但若問瑪嘉烈為甚麼喜歡那個人，她又說不出。

戀愛無他的，都是從不確定去到確定，哪有一眼便認定可以長相廝守，所以瑪嘉烈沒有錯，不試穿過那雙鞋，哪知道是否貼自己的腳型，只不過太多過不了試用期的例子。

對於大衛，瑪嘉烈有更多的猶豫，她未試過和一個完全陌生的人交往，以往瑪嘉烈的戀愛對象都是她身邊的人，例如同學、同事、朋友的朋友、家人的推介，總之，都是有共同朋友的人；但是大衛像從天而降，石頭爆出來一樣，跟在夜店搭訕認識的人一樣，只不過場所換了是計程車而已，而計程車比夜店更為奇詭。

雖然，瑪嘉烈覺得猶豫，但也覺得有一點刺激，大衛好像很有神秘感的樣子，不知道一個人的底勢便和他交往，繼而慢慢的撕開他的面具，這也是相當有趣味的。

另一個猶豫不決的原因就是瑪嘉烈仍然處於一個休養期。有人說，平復對一個人的心跳，最好的方法是找另一個人為他心跳。這個方法雖然有點自私，不過天知地知自己知，誰知？怕只怕大衛太認真。女人都希望找到一個能認真對待她們的人，但當對方太認真又有點怕。

行行重行行，瑪嘉烈認真的想着大衛，想着他們幾次見面的情況，想着想着一個人的感覺是不是這樣，想着愛不愛大衛。瑪嘉烈一直低着頭，沿着斜坡向上走，但前面好像有個身影在擋着路，瑪嘉烈抬頭看到大衛。

瑪嘉烈有種久違了的豁然開朗，想見那個人，他便立即出現在你面前，這種快樂真的簡單俐落。

戀愛這回事從來都是各安天命，最後誰愛多、誰愛少、誰傷害誰，怎說得準。

我們都是這樣的邊走邊看，不是嗎？

大衛還不肯定瑪嘉烈究竟有沒有當他是可戀愛的對象，他不覺得自己特別沒信心或者反應慢，只是女人都喜歡唔嫁又嫁，這分鐘她像修路工人在你面前拿着"Go"的指示牌，但是當你想加油前行，"Go"變成了"Stop"。

多得現代科技令人與人的關係無形地拉近，這陣子大衛和瑪嘉烈每晚都會用手機聊上一陣子，這是醞釀成為情侶的一個重要步驟，而每晚對話完結時，雙方都會互説「晚安」。一句晚安擁有極大的象徵意義，你會不會和同事、朋友，甚或家人每晚都説一聲晚安？所以，大衛覺得他和瑪嘉烈正循着將成為戀人的軌跡上行走。

瑪嘉烈把大衛弄得心猿意馬，他決定要約瑪嘉烈走出車廂，來一次真真正正的約會，一天不正式約會，一天還只是疑似情侶。

應該約瑪嘉烈去哪裏呢？看電影，伸手不見五指，怎麼溝通？不適宜第一次約會；晚飯，選擇餐廳很容易出錯，太隨便對方覺得你不認真；太隆重，對方覺得你太認真；散步又如何？太文藝，可能令對方反胃。

反覆考慮之後，大衛終於決定約瑪嘉烈去「飲杯嘢」，「飲杯嘢」其實是十分曖昧的一個活動，表面上很隨意，但「飲杯嘢」比食餐飯更如一個無底深潭，對味的話那杯「嘢」可以飲到天光，很多關係都是從「飲杯嘢」開始。大衛決定找個機會向瑪嘉烈提出不如「飲杯嘢」，記得要加「不如」，要裝出有點不經意。

「不如飲杯嘢」這句說話原來比想像之中難開口，有好幾次瑪嘉烈將要下車的時候，大衛以為自己已經開了口，但原來那句說話還卡在喉頭，然後發現自己心跳在無緣無故地狂奔，瑪嘉烈真的令大衛很緊張。

這一晚，大衛如常接載和別人晚飯完的瑪嘉烈回家，他們如常地在車內閒聊，瑪嘉烈說剛才那頓飯十分油膩，大衛立即便把握機會吸了一口氣然後說：「不如去飲杯嘢。」

「好哦，去哪裏？」瑪嘉烈爽快地回應。

「去。哪。裏。」大衛從沒想過這個問題，現在去哪裏好？

大衛只感到手心冒汗，腦海空白一片，六神無主，想不出一處可以「飲杯嘢」的地方。

「不如去這裏。」瑪嘉烈指着面前一家廿四小時營業的茶餐廳。

想不到他們第一次約會是在茶餐廳「飲杯嘢」。

瑪嘉烈飛快地點了一杯「茶走」，侍應站在大衛面前無言地催促他。

「咖啡。」緊張又匆忙，大衛在午夜過後點了一杯咖啡。

「這麼晚還喝咖啡？」

大衛接觸到瑪嘉烈的眼神，他們坐在一個卡座，這是大衛和瑪嘉烈第一次面對面。

就在他們四目交投的一剎那，大衛的視線再也離不開瑪嘉烈。大衛從來也沒有試過這麼貪婪地、肆意地直視一個人的雙眼，他想就這樣看進瑪嘉烈的靈魂，從此不再離開，而他發覺瑪嘉烈也是這樣的看着他。

「這麼晚還喝咖啡？」瑪嘉烈這個問題在空氣中迴盪着，而他倆的眼神繼續交流，誰也說不出一句話來。

第二章

和　情人 討論

香腸

這件事

很

親密

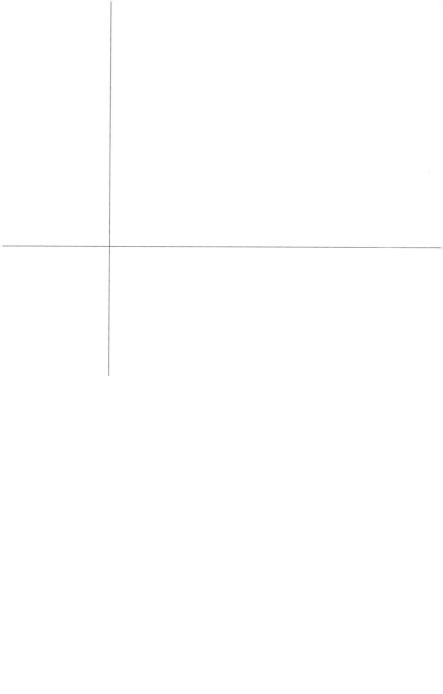

吃早餐

大衛是一個非常愛清潔的人，近乎潔癖，他絕對絕對不會在睡牀上開餐，也絕對絕對不會在車內進食。大衛對拿着食物的人十分警覺，看到他們招手，他會裝作看不到，的士司機都是這樣揀客的，反正總有司機在自己的車內扒燒味飯，不會介意接載吃着軟雪糕的小孩。

如果那日天朗氣清，心情又好的話，瑪嘉烈就會想起這份早餐。這城裏大部分女士的早餐都是多士、麥皮、水果、三文治，但是瑪嘉烈最喜歡的早餐是車仔麵，對，是三餸一麵的車仔麵。

瑪嘉烈很喜歡這一家車仔麵，店鋪細細的只得幾個座位，是一家人經營的小店，老竇負責煮麵，阿仔負責收錢那種，家庭式但十分專業。這裏的豬腸是瑪嘉烈吃過最好的，清通爽脆無異味，對，瑪嘉烈還喜歡吃豬腸。

大衛第一次送瑪嘉烈去買這份早餐，令他十分驚訝，一早吃車仔麵只有從事體力勞動工作的人才有這需要，在一片纖體瘦身之聲中，還有女性大膽鯨吞一份早餐，實在奇景。

食物用發泡膠盒盛載着，帶進車廂內很容易會有臭腳味，這是大衛的經驗；如果有蔬菜的話，氣味就會像毒屁，但是瑪嘉烈這盒外賣出奇的香，大衛聞到大地魚湯的湯底，有點麻香的辣醬，大衛也幻想過碗內的風光。

這一天瑪嘉烈又要去買早餐，大衛如常把計程車停在外面等。這一次，當瑪嘉烈回來時，兩隻手都拿着外賣，她示意大衛打開前座的車門，大衛伸手過去乘客座位，打開門，瑪嘉烈便坐進車內，把其中一袋交給大衛，她買了兩份，邀請大衛和她一起吃。這次是瑪嘉烈第一次在清醒的時候坐在前座。

瑪嘉烈打開碗蓋，車仔麵熱騰騰的蒸氣把擋風玻璃薰得模糊了，大衛看看瑪嘉烈那碗麵，有豬紅、豬腸、魚蛋、蘿蔔，嘩，四餸。

一個男人如果肯將自己的車子給女朋友駕駛，除非他根本不愛那輛車，否則他一定很愛那個女人。大衛沒有讓瑪嘉烈駕駛他的計程車，但是他讓瑪嘉烈在他的計程車內吃車仔麵，瑪嘉烈也有一定的地位。

這輛計程車，是他們第一次吃早餐的地方。

計程車有這個身份，大衛覺得感覺還不錯，希望瑪嘉烈不要把湯打翻吧。

大衛吃得津津有味。

條件一

瑪嘉烈很喜歡吃香腸，但不知道對香腸的情意結從何而來，可能小時候開生日會總有菠蘿腸仔，雖然菠蘿腸仔的腸仔味道怪怪的，香腸都是被水浸得如發脹棉花棒的罐頭貨，但每次看見菠蘿腸仔出場都是有得玩的場合，令到瑪嘉烈對香腸有種莫名的好感。

對香腸的鍾愛一直沒有變，甚麼類型的香腸，瑪嘉烈也吃得開懷，香腸不只是吃個味道，是吃那個感覺。

有些人情緒低落要看醫生，但瑪嘉烈只需走入便利店，買一串芝士腸便可以回復心情，那管它是放在鋪了錫紙的烤盤上長期放涼，沒有烤過痕跡的芝士腸，只要加點茄醬，加點芥辣，咬破它的時候如能感受到腸衣爆開的那一下便滿足了。

最佳的香腸是用明火燒烤的，在它差不多熟成時，塗上一層薄薄的蜜糖，又脆又香，比魚翅好味。

以前，有個想追求瑪嘉烈的健身教練看到她那份早餐有香腸，立即將自己那份鮮奶麥皮來換掉瑪嘉烈那份腸仔煎蛋，瑪嘉烈覺得他是神經病。

所以，瑪嘉烈有個只有她自己才知道的擇偶條件——香腸愛好者。

第一次和大衛逛超級市場的時候，大衛行過凍肉櫃時拿起一包中國製的小紅腸。大衛對瑪嘉烈說：「這個小紅腸，很多色素，不過味道很好，尤其是用來燒烤更加不得了。」然後，大衛再拿起一包廚師腸：「還是廚師腸最好。」二話不說便各拿一包放進手推車。

他們交換每隻香腸的喜惡，他們都不喜歡吃那些外國貴價香腸，那些西洋熱狗腸不是不好，就是不夠那種亂來的雜肉感覺；但是瑪嘉烈不太喜歡小紅腸，因為覺得那個質感太腍，用來燒烤，那層皮會皺起來，不美觀。她也是廚師腸的擁躉，脆皮腸也不錯，勝在細細條，容易煎；其他腸仔的解凍時間不足是很容易煎到表面焦了，裏面還是凍的。

大衛告訴瑪嘉烈，煎香腸有個秘技，在香腸三分二的位置那裏下刀，三面各切一下，香腸便會出現六條腿，變成了八爪魚香腸，不過這很考刀工，不同尺寸的香腸有不同的效果，這是從《深夜食堂》學回來的。

大衛也是香腸的支持者，實在太好了，這是瑪嘉烈第一次覺得和大衛很投契，和情人討論香腸，這件事情很親密。

不過，香腸的成分不明，而且屬於醃製食物，又高鹽，又沒有營養，還是少吃為妙。瑪嘉烈又豈有不知的道理，但有時於你無益，甚或有害的事物，總能為你帶來歡愉，香腸和戀愛在這個範疇下屬於同一類別。

管他呢，瑪嘉烈決定買不同長短粗幼的香腸回家，她想煎出完美的八爪魚香腸給大衛吃，一定要加茄醬和芥辣。

那麼巧

大衛喜歡吃粥，他反對把粥撥入生病才吃的食物類別；粥是甚麼時候吃下去也令人從內到外有種舒坦的感覺，病懨懨才去吃簡直待薄了那碗粥。

大衛吃粥，不分季節，冬天吃碗熱騰騰的粥，自然感覺良好，就算是酷熱天氣警告下，吃得大汗淋漓也不妨，反正大衛沒有太多出汗的機會。

粥之中，大衛喜歡生滾粥，雖然碎牛粥曾經是小時候的至愛，但後來發現碎牛粥的碎牛實在太碎，根本沒有多少牛肉在內，也不能從味道中肯定那些是牛肉；加上大衛十分討厭碎牛粥內的花生。小時候吃可能覺得香口，所有小朋友都喜歡吃熱氣的食物，但現在覺得在粥內放花生米，除了加添不必要的油膩感之外，根本一無是處。生滾粥便不同了，牛肉實在的一片片，粥底綿綿，吸收了肉的味道，加點葱花，吃得心曠神怡。

不過，牛肉粥最多都只是大衛的第二最愛，他最喜歡吃的其實是魚粥，不論是魚雲、魚骨、魚腩，大衛都喜歡。但是，吃魚粥這件事的感覺好像只有上年紀的人才會做，甚麼時候見過型男型女去吃魚粥？而且，很多女生都不懂啜魚骨，或裝作不懂啜魚骨，大抵因為啜魚骨是一個不優雅的動作，搞不好還會發出「啜啜聲」，女士們都希望保持儀態。大衛留意過光顧粥店的ＯＬ，她們大部分都是吃魚片，或者是魚球，很少女人會吃魚雲粥。

大衛到現在還沒有和瑪嘉烈去吃過魚粥，他不知道在瑪嘉烈的心裏會如何演繹吃魚粥這件事，萬一瑪嘉烈覺得吃魚粥這個行為很「阿伯」，那便不好了。他不想在愛人心中有個阿伯的形象。

這一天，天文台一早便發出了酷熱天氣警告，烈日當空，人不動也會自動流汗，幸好計程車的空調還算強勁。猛烈的陽光直射車廂內，瑪嘉烈一如以往，連太陽擋也不用，瞌着眼迎接猛烈的太陽。或許，瑪嘉烈正在半夢半醒當中，而夢中的她開始肚餓，「不如，我們去吃粥好不好？」瑪嘉烈如夢囈般的要求。

大衛正在盤算是否應該提出去吃魚粥時，瑪嘉烈說她想吃碎牛粥、腸粉、油條……

那動搖了大衛的念頭，也許還未到和瑪嘉烈吃魚粥的時候。

大衛和瑪嘉烈去了一家小粥店，瑪嘉烈的胃口似乎大好，點了她想吃的碎牛粥、腸粉、油條，還有炸両，大衛也點了碎牛粥。

酷熱天氣警告下吃粥真是一件壯舉，小粥店的空調更是屬於弱冷，大衛吃得滿頭大汗，而瑪嘉烈可能因為曬太陽曬得多，日子有功，吃完了整碗粥只有微微的汗珠。

正要結賬的時候，瑪嘉烈問大衛「你不吃花生的嗎？」「我也是，那麼巧。」瑪嘉烈給大衛看她那碗碎牛粥的碗底，剩下的都是花生。

瑪嘉烈也是不吃粥裏的花生，那不是緣分是甚麼？大衛覺得瑪嘉烈應該會喜歡吃魚粥的。

蛋撻伯

門外人聲沸沸把大衛吵醒了，大衛拿起電話看看時鐘，三時四十四分，凌晨，還未到農曆七月，應該不是有鬼，搞甚麼呢？大衛睜開他的惺忪睡眼從防盜眼看出門外，他看到有警員和救護人員在其中一個單位門外擾攘。「不是有兇殺案吧。」大衛這樣想。於是，大衛便開着了電視機，把電視調至升降機內的CCTV頻道，果然有狀況。

大衛看到兩個醫護人員正在為一個人做心外壓，由於鏡頭阻擋，大衛看不清楚他是甚麼人，那個人明顯失去知覺，大衛看到躺在救護牀上的他身體好像沒有腰骨的樣子，只是癱瘓着，頭頸向右側，當救護員做了幾下心外壓，為他戴上氧氣罩之後，他好像有點知覺，身軀開始在挪動，頭一擰，大衛看到那張臉，原來是住在同一樓層的蛋撻伯。

蛋撻伯是大衛和瑪嘉烈暗自為他起的稱號，之所以有這外號是因為蛋撻伯經常和蛋撻婚到樓下麵包店買蛋撻。不知大衛和瑪嘉烈是和蛋撻有緣還是和蛋撻伯有緣，總之每次碰見他，他都是拿着一盒蛋撻回家去。

蛋撻伯和蛋撻婚經常出雙入對，蛋撻伯個子很高，沒有六呎也有五呎十一，年不過八十也有七十八，蛋撻婚的高度只到他的肩膊，她經常挽着蛋撻伯的臂膀，掛着滿滿的笑容。

大衛聽過蛋撻伯和蛋撻婚用上海話交談，上海話給人的感覺都是騷騷的，聽着兩位老人家用上海話交談，大衛覺得進入了《阿飛正傳》的時空。蛋撻伯應該是一個很有風度的男人，有時候他們會一同乘電梯，當升降機到達時，蛋撻伯都會用手按着升降機的門，不只先讓蛋撻嬸先出，還讓瑪嘉烈和大衛。試過好幾次，大衛待瑪嘉烈出了之後示意蛋撻伯先出，但他就是按着電梯門不放，大衛唯有讓老人家讓他。

這是大衛對蛋撻伯僅有的印象。

自從在升降機頻道看過蛋撻伯後，大衛再沒有見過他，也再沒有見過蛋撻嬸。

過了不久，有一個早上，大衛又被人聲吵醒，這次從防盜眼看到的是搬運工人，他們在蛋撻伯和蛋撻嬸的單位出出入入，過了不久便回復平靜。

大衛偶然也會想起蛋撻嬸，不知她現在過得怎麼樣，還有沒有吃蛋撻；大抵搬了大屋，和兒孫一起住，每天忙着湊孫，日子過得很愉快吧。

大衛又餓了，他走進茶餐廳準備買燒鵝飯加鹹蛋，忽然傳來一陣蛋撻香，蛋撻又出爐了。

「茄蛋治，凍檸茶小甜。」

那陣蛋撻香打消了燒鵝飯加鹹蛋的念頭，大衛覺得也許應該吃得健康一點，或者應該做一下運動，身體健康不只是為自己，他實在不想有一天瑪嘉烈要自己一個人吃蛋撻。

吃甚麼

大衛經常聽人說「去邊食飯」這個題目是很多情侶吵架的導火線，「去邊食飯？」為甚麼會比「你愛我幾多？」、「你愛我多久？」、「我哋幾時結婚？」這些問題還惹火？大衛不明白。

大抵因為有些女人總喜歡扮民主讓你出意見，你出了意見之後，她又推翻。「不如鋸扒？」「嗯，不想吃太多肉。」「那麼吃壽司？」「凍冰冰。」「打邊爐？」「太熱氣，呀，不如吃韓燒！」到最後話事的總是女人，當餓到將近暈的時候還要這些性子，真的會令人發狂。

他和瑪嘉烈沒有這個煩惱，因為每當大衛提議吃的，她都是答好，「車仔麵？」「好。」「茶餐廳？」「好。」「雲南米線？」「好。」瑪嘉烈對吃似乎沒甚麼所謂，吃甚麼她也吃得開懷。

但這帶來了一個問題，究竟瑪嘉烈喜歡吃甚麼？情侶之間有種情趣叫撐枱腳，有時候也應該去一些環境稍為清靜的館子，談談心，浪漫一下吧，總不成經常都是隨便地吃碗粉、扒碗麵便算，尤其是一些特別日子。

大衛對約女伴去吃飯這件事十分有戒心，以前有個女朋友告訴過他，曾經有個男生約她吃日本菜，原來是和她去元祿壽司，於是她裝肚痛，即走。

瑪嘉烈的生日逼近，大衛如臨大敵，十分忐忑，究竟瑪嘉烈喜歡吃甚麼？

於是，大衛便展開旁敲側擊的攻勢，他有意無意之間在瑪嘉烈面前翻閱《飲食男女》，還自言自語地說這裏開了一間甚麼，那裏又開了一間甚麼，試圖測試瑪嘉烈，但她就是沒有反應，大衛也有直接問瑪嘉烈，你有去過這裏那裏嗎？她只是答「沒有」，完全不得其法。

他又試過再直接一點問瑪嘉烈喜歡甚麼類型的食物，「嗯，沒所謂。」天呀，女人說沒所謂都是騙你的。瑪嘉烈，你難道不知道你根本不像「沒所謂」的那種人嗎？

她心裏一定有種想法，只是不告訴你。大衛拿她沒法，決定不再打聽，同時他預訂了三家不同類型的餐館以防萬一，到時看看瑪嘉烈的興致再算。

人性是這樣的，當你不聞不問的時候，對方便會有反應。

瑪嘉烈正在看電視的飲食節目，主持人正在介紹分子料理，看到食物上的泡沫大呼小叫。

「其實，我不太喜歡吃一些太作狀的食物，尤其是分子料理。」

正在另一邊上網的大衛當然豎起了耳朵，不太喜歡太作狀的食物，那他預訂了的都要取消，又要重新尋覓適合的餐廳。

「我還是最喜歡吃日本菜。」大衛覺得猶如黃大仙顯靈，答案是日本菜。

記緊，不要去元祿，嗯……瑪嘉烈喜不喜歡板前呢？

大整蠱

大衛有點不尋常。

首先，他在一個星期前已約了瑪嘉烈今天一起晚飯，煞有介事的，然後還說今天晚上要親自下廚，這更不尋常。瑪嘉烈恐怕自己又忘了今天是甚麼特別日子，於是翻查所有紀錄，證實今天不是任何紀念日，真的十分吊詭，情人平白無故要下廚是一個不尋常的行為。

大衛在前幾天已問瑪嘉烈喜歡吃甚麼，好讓他準備一下。說真的，瑪嘉烈對業餘烹飪者的廚藝是一點興趣也沒有，管他是一生至愛，不會煮飯的千萬不要勉強，她不想勉為其難的說好吃，又不想令對方白費心機。

於是，瑪嘉烈便提出，不如他們一起煮吧，她好歹也有兩三下功夫，大衛當然反對，似乎他真的想下廚，瑪嘉烈也便由他。

今晚，瑪嘉烈來到大衛家的時候，餐桌上已放着幾盒食物，大衛告訴瑪嘉烈爐頭壞了，唯有買外賣。瑪嘉烈有點惱、她今天不想吃外賣，沒有原因，就是不想。

瑪嘉烈看看那幾盒外賣，炸魚薯條、鹹魚雞粒炒飯、蒜茸芥蘭，都是瑪嘉烈不大喜歡吃的，大衛難道不知道？算了吧，瑪嘉烈覺得自己的臉色開始變，她只想早點回家。

誰知吃完飯之後，大衛提出不如一起看電視劇。

大衛說有一套日劇很好看，是福山雅治做的，大衛二話不說便開始播放。那是一套古裝日劇，瑪嘉烈最怕的就是看古裝劇，甚麼國籍的也一樣，日本的古裝劇更是難耐之選，難道大衛又不知道嗎？

瑪嘉烈沒有裝作有興趣看，大衛看得入神，她昏昏欲睡，很快進入夢鄉。遇上這種情況，通常過了不久，大衛便會擁着瑪嘉烈入睡房，但是今天大衛竟然拍醒她。凌晨四點？這大衛搞甚麼鬼？大衛說明天大廈一早沒有自來水供應，不能沖涼洗頭，着瑪嘉烈最好回家睡。

那大衛為甚麼不早一點告訴她，不然她就會吃完飯便回家，瑪嘉烈懷着惺忪睡眼登上大衛的車。

當大衛的車駛過銅鑼灣的時候，忽然慢了下來。壞車？不是嘛？今天是黑色星期五還是拍戲呢？那麼巧合？大衛和瑪嘉烈沿路找的士，不過一輛車也沒有。

瑪嘉烈在這一刻快要爆了。

就在快要爆的時候，瑪嘉烈看到不遠處有強烈的燈光，附近有些人影在掩映，再走近一點，噢，那是……

大衛告訴瑪嘉烈「一蘭」要在香港開店的時候，瑪嘉烈說很想試。就是因為瑪嘉烈「很想試」這三個字，大衛一直留意「一蘭」的開業情況。

以香港人對日本拉麵的熱愛及新屎坑的熱衷，一定排個天長地久；首天營業，人龍至凌晨五時才散去。

大衛唯有安排這一晚的漫長約會。

起初打算自己下廚，那一定可消磨大量時間，但後來想清楚，自己廚藝不精，萬一瑪嘉烈吃完之後肚痛，那怎麼辦？

於是，便決定叫外賣，也故意點一些瑪嘉烈不太喜歡吃的，以防她吃得太飽。接着，安排讓她可以入睡小休的節目，不然太累了，怎撐得到凌晨？待她睡到四、五點便是時候裝作送她回家，途中扮壞車，然後經過「一蘭」，大衛覺得這個計劃天衣無縫。

已接近凌晨五點，「一蘭」不用排隊，瑪嘉烈雖然面燶燶，但大衛知道她在心裏偷笑。

對待喜歡的人，有時候真的需要有一片苦心。

黑椒汁

瑪嘉烈真的比一般女子喜歡吃垃圾食物，車仔麵、牛什、燒賣、漢堡包也不放過，每逢麥記推出期間限定的新產品，瑪嘉烈也要大衛和她去試，今次她要吃的是黑椒漢堡。

黑椒漢堡是麥當勞不定期推出的短期供應食物，有幾多人知道黑椒漢堡是哪一年初次出現呢？

大衛記得那一年他剛完成中五會考，那時勢很流行移民，大衛周遭很多同學不是跟隨家人移民就是被安排往外國讀書然後移民，包括大衛那時候的女朋友。那位女朋友是同班同學，和大衛在中三那年開始戀愛，她的外貌和中森明菜有九成相似，大衛第一個偶像就是中森明菜，他知道他一定是因為這個原因才喜歡她，因此那時候的大衛長期都掛着一個Matchy cut的髮型。

那個暑假的某個周末，大衛和一班同學一起去啟德機場送走了中森明菜，雖然中森明菜臨進入禁區前不停叮囑大衛要寫信給她，但大衛知道這一別將會很久，再見的時候明菜不會再是明菜；大衛心裏有點難過，畢竟他不捨得明菜。

送完機之後，他便和同學去了九龍城的麥當勞，當時正在強打的新產品就是黑椒漢堡。大衛也隨眾人點了一個，當他咬了一口黑椒漢堡，那一陣黑椒味湧入味蕾，忽然想哭，他想起了第一次和明菜去吃鐵板餐那件黑椒牛扒的味道，他還記得黑椒汁淋落鐵板時他和明菜一起躲在餐巾後面的溫馨，大衛的視線模糊了，他裝作被黑椒味嗆到，衝進洗手間哭了一陣子，那是大衛唯一一次吃黑椒漢堡。

大衛和瑪嘉烈來到麥當勞，瑪嘉烈點了黑椒漢堡餐加大，大衛則要了一個魚柳包，他不是逃避，只是他真的喜歡吃魚柳包，也沒有興趣知道自己再吃黑椒漢堡的時候有沒有特別的感覺。

瑪嘉烈吃得很滋味的樣子，她在比較黑椒漢堡和將軍漢堡的分別，並說她還是喜歡黑椒漢堡，因為將軍漢堡的醬汁太甜，不過玉子將軍漢堡又好一點。說着說着，瑪嘉烈將那個吃了一半的黑椒漢堡遞給大衛，大衛看看瑪嘉烈，沒有多想便咬了一口，那味道十分熟悉，是甚麼呢？大衛再咬多一口，認真的搜尋那種味道，是甚麼呢？咦，那是兩天前他和瑪嘉烈去快餐店吃黑椒牛扒的味道，一模一樣，究竟是否所有黑椒汁的味道都一樣的呢？大衛只知道這個黑椒漢堡比想像中好味，他已經沒有想起那個把他嗆到的黑椒漢堡，瑪嘉烈真是能醫百病。

大衛不自覺地把整個黑椒漢堡吃掉，瑪嘉烈也不弱，她在大衛細嚼黑椒漢堡的時候，一早完成了大衛的魚柳包。

落油鑊

瑪嘉烈其實是一個廚藝高手，說起來應該是有點天分那種，不論是宰殺、烹煮、調味，只需要看過別人做一次便過目不忘，而且能融會貫通，加入自己的手法，由炆鮑魚到碗仔翅她也能應付自如。

入廚曾經是瑪嘉烈一個很喜歡的活動，她入廚的動力是來自戀愛，這其實是很笨的一個思維，把自己的興趣和長處建基於他人身上。但是，瑪嘉烈下廚每每需要有一個目標食客，想着那個目標吃她煮出來的食物時，她便會煮得十分起勁。她不是沒有試過為朋友、為自己下廚，但就是沒那股勁，煮出來的味道也差了一點點。

瑪嘉烈以前的戀人都不懂得欣賞瑪嘉烈這個情操，第一次試瑪嘉烈的手勢，大家都交足功課，驚為天人，拍案稱讚，但吃過了兩次、三次之後，就覺得這是理所當然，飯來張口，多謝也沒有半句。

有人說，懂得下廚是吸引戀人的撒手鐧，不過這比較適用於男人，皆因女人喜歡下廚雖然會給人一個賢良淑德的感覺，但同時亦令人覺得這是基本條件，那些人根本不會記得曾經有個女人為他在廚房流過汗。

之後，瑪嘉烈便開始學乖了，她沒有暴露她其實是個廚神這身份，在情人面前是一個只懂煮即食麵，極其量懂得煎隻蛋的女人，而她發覺根本沒有人在乎她懂得煮食與否，大部分人都樂於出外吃飯或叫外賣，碗也不用洗，樂得乾脆。

認識了大衛沒有動搖瑪嘉烈這條防線，這與大衛這個人無關，瑪嘉烈直覺上覺得大衛不是那種 take it for granted 的人，只不過瑪嘉烈還是放不下她的守則。

瑪嘉烈經常給大衛買外賣，然後一起在車上吃午飯，大衛也似乎滿意這個安排。車仔麵是瑪嘉烈的慣性選擇，因為她自己喜歡吃，今天還多了一碗，大衛打開，那是一碗酸辣湯。

這個組合也真特別，大衛試了一口酸辣湯，味道不錯，和平時街上吃到的不同，好像少了一點味精的味道，多了一份住家的感覺。瑪嘉烈告訴大衛在她家的附近新開了一家上海館子，專做上海家常菜。

「酸辣湯是怎麼做的呢？」大衛邊吃邊問。

「嗯……要下雞湯、辣油、醋、胡椒粉，不過要把木耳、豆腐、甘筍、冬菇切絲比較耗時，我猜還算簡單吧。」

「下次買小籠包好嗎？想試試。」大衛的要求也不簡單。

「小籠包，這個未試過做，可能有點難度，回家試試吧，不過要多買幾個外賣盒。」瑪嘉烈這樣想。

愛情不需要上刀山，但落油鑊是少不免的；愛令人心癢難當，瑪嘉烈始終都喜歡為喜愛的人下廚。

是臭的

大衛的飲食習慣很簡單，苦的不吃，臭的不吃，所以他不吃苦瓜、臭豆腐、榴蓮和皮蛋，天下間那麼多食物，為甚麼要吃苦的和臭的呢？喜歡吃這些的人通常都會為它們辯護，把苦說成甘，臭說成香。

認識瑪嘉烈不久，大衛便發現瑪嘉烈是皮蛋的愛好者，皮蛋酸薑、皮蛋瘦肉粥、皮蛋豆腐都是瑪嘉烈喜歡的，或許有皮蛋雪糕的話，瑪嘉烈也必然會嘗試。

當發現瑪嘉烈喜愛吃皮蛋時，大衛告訴瑪嘉烈皮蛋含有鉛分，瑪嘉烈說：「對呀，我和皮蛋很有緣。」把大衛氣得反白眼。

大衛認真的問過瑪嘉烈，可以為了他放棄皮蛋嗎？瑪嘉烈也很認真的反應：「皮蛋有甚麼大不了？」「就是沒甚麼大不了，不吃也沒問題吧？」

「我可以吃少一點，但一定不會不吃。」瑪嘉烈顯然已作出讓步。「你不覺得為喜歡的人放棄一種自己喜歡的愛好，很浪漫嗎？」「如果那個人愛你，為甚麼要你放棄愛好？」「因為你的愛好不健康。」「揀飲擇食也是不健康的。」

大衛想不到，因為皮蛋會和瑪嘉烈舌劍唇槍一番。

其實大衛一點也不專制，怎專制得來？他只是幼稚；那天之後，他們再沒有討論關於皮蛋。

雖然，瑪嘉烈和大衛在皮蛋的層面上得不到共識，但他們還有蝦餃燒賣作為溝通的語言。

這天他們又上酒樓吃點心。大衛剔好了點心之後忽然想起剛才忘記入咪錶，於是趕忙離開，剩下瑪嘉烈在翻雜誌。瑪嘉烈十分肚餓，她感覺有傳菜員走近她並放低了一碟食物，那是一碟皮蛋酸薑。

「我沒有點這個。」瑪嘉烈很肚餓但放在面前的乃是非根源，不要為妙。

那位傳菜大嬸一臉莫名其妙，彷彿落錯單是不可能的事，她和瑪嘉烈對望了幾秒鐘之後，不情不願的拿走了那碟皮蛋，剛好在大衛回來之前和平散去。

其後，蝦餃、燒賣、腸粉、鹹水角、鳳爪、排骨陸續登場，大衛大啖大啖，也不時望着遠方的出菜處，似乎期待甚麼；終於，按捺不住召來部長。

「有一碟皮蛋酸薑還未到。」剛好這句話傳到路過的傳菜大嬸耳邊，她以百分之一秒的反應搶答「剛才拿來了，那小姐說她沒點啊！」語調不無挑釁之意。

「她沒點，我點的，行不行？」

「你點皮蛋做甚麼？你吃麼？」瑪嘉烈十分疑惑。「我不吃，你吃嘛。」精明的部長這時候出聲：「沒問題，再幫你們落單吧。」說完便立即落單去。

「你點皮蛋做甚麼？」瑪嘉烈再追問。「都說點給你吃！」「皮蛋含鉛不健康嘛……」「那你喜歡吃嘛……要不要？不要便取消吧。」「好呀，待那大嬸拿來的時候你告訴她吧，她會一碟皮蛋倒在你身上。」「那臭死我，你叫白車呀……」

情侶之間有時候需要你讓我，我讓你，你行前，我行後，沒有誰會佔着永遠的上風，喜歡一個人怎捨得贏他。

為你吃

魚蛋和牛丸對大衛來說是魚與熊掌，魚蛋不論白魚蛋或炸魚蛋，大衛都喜歡。小時候去大牌檔吃魚蛋粉，旁邊就會有工人在打魚蛋和唧魚蛋，用手拿起一團打好的魚肉，然後用力一揑，球狀的魚蛋便出來了，大衛覺得這個過程很神乎奇技，大衛曾經想過不如長大後做打魚蛋 ，而那時候吃到的魚蛋有魚味又彈牙，這令到大衛對魚蛋有特別的好感。

大衛對牛丸開始有感覺是始於尖沙咀海防道那坐落在天橋底的熟食檔，有感覺是因為大衛不明白牛丸有甚麼好食，為甚麼天時暑熱三十多度都要去吃，但那裏的牛丸至少吃了廿年，就算現在一年也去不到兩次，但一想起好吃的牛丸，大衛總會想起它。

第二次對牛丸有感覺就當然是因為《食神》，那一期瀨尿牛丸紅過G Dragon，尖沙咀樂道的「陳東記」就是發源地，「陳東記」是一家潮州菜，但招牌菜就是「瀨尿牛丸」，大衛也有跟同事去過幾次，那牛丸真的是會爆漿的，又好吃又好玩。當年陳東師傅久不久也會走出來和食客打個招呼，不過之後陳東師傅死了，「陳東記」結業了，瀨尿牛丸也沒有了。

近年流行的丸類真的甚麼都有，例如沒有龍蝦的龍蝦丸、芝士丸、鱈魚丸、蟹籽丸、鵝肝豬肉丸、海膽雞丸、流沙墨魚丸，說得出的幾乎都有，大衛對這些統統都沒有興趣，就算那流沙墨魚丸真的有墨魚但那流沙卻是鹹蛋黃，你說有多古怪呢？

瑪嘉烈對魚蛋、牛丸都沒有好感，她就是喜歡那些古靈精怪丸，尤其有一種叫梅菜豬肉丸，根本就是梅菜蒸肉餅變了丸形出場，但瑪嘉烈卻十分欣賞。瑪嘉烈還喜歡吃貢丸，大衛最不喜歡就是貢丸，總之不好吃，大衛曾經向瑪嘉烈提及過牛丸和魚蛋，但瑪嘉烈好像十分抗拒的樣子，可能她對牛丸、魚蛋有不好的回憶。

大衛決定為瑪嘉烈尋找完美的牛丸和魚蛋，試清楚哪一家好才帶瑪嘉烈去，瑪嘉烈一定會對魚蛋和牛丸改觀的。

夏枯草

暗戀是一件曼妙的事情，尤其在學生時代，找個人來暗戀，實在能為平淡的學生生活平添不少樂趣。大衛不喜歡斯斯文文、說話不張開口的女生，根本聽不到她們說甚麼，怎麼溝通？大衛暗戀的那位女同學性格爽直，說話永遠理直氣壯，這引起大衛注意。

喜歡一個人便會很想送一些甚麼給他，大衛也有這個心思。那年夏天，天空熱得要裂開，那麼熱的天氣，送些甚麼才體貼呢？大衛覺得自己真的很有點子，他為那位女同學買了一包夏枯草，消暑良品，不作他選。大衛很細心，他還手寫了如何煲夏枯草的方法，然後連同那包夏枯草一併放在女同學座位的抽屜。第二天，那包夏枯草連同煲法的字條一併在大衛的桌子上出現。

到了現在，大衛還不明白究竟那包夏枯草有甚麼問題。

他曾聽人說，送禮是需要技巧，要投其所好，要追上潮流，還不要忘記「雞髀打人牙骹軟」這句說話，送禮給女性，名牌手袋一定不會失手。

大衛覺得鍾情名牌手袋的女人有點莫名其妙，總覺得她們執著得很隨便，一定要名牌但又不介意和別人拿着一式一樣的包包，所以他戀上的人都是不喜歡名牌手袋的。

今天，他忽然想送些甚麼給瑪嘉烈，在選擇這個環節上，大衛可算是十分不在行，他連去大家樂選兩併早餐都有困難，何況要選禮物。

如果從日用品出發，近來天氣潮濕，應該需要吸濕大笨象，但經過夏枯草一役，還是認真一點好。

嗯，大衛從來未見過瑪嘉烈拿過雨傘，她一定是十號風球才會撐傘那種人，那麼不如買一把三縮傘給她放在手袋吧。但是，大衛自己是那種下一次雨買一把傘的人，家裏囤積了大量雨傘，長的短的都有；正所謂己所不欲，勿施於人，雨傘也許不是一個好的選擇。

於是大衛便循收過令自己興奮的禮物這方向去想，大衛閉上眼想呀想，那些令他記在心的禮物應該是這樣的……

豬皮　豬紅　魚蛋

和你吃過的車仔麵

紅燈　黃燈　綠燈

和你切過的雙白線
未和你去過沙灘
未和你吃過蛋髗
卻留下了一件番梘
瑪嘉烈夏日　大衛傾情
看黎明

大衛真的惱恨自己讀書少，想寫首新詩也寫得不倫不類。放棄吧，瑪嘉烈一定會笑爆嘴，大衛還是決定去藥材舖買一包夏枯草，瑪嘉烈懂得欣賞的；那麼她會欣賞這首新詩嗎？

大衛躊躇着。

第三章

損失了一個好人

也損失了跟黎明握手的機會

當瑪嘉烈提出這個要求時，着實令大衛暈得一陣陣，瑪嘉烈想去看看在海港上的那隻黃色膠鴨！

再交代一下為甚麼大衛選擇做的士司機。

遠在大學時代，大衛在地下鐵裏有件難忘事件。那天有早上九時的課要上，在睡覺與乘巴士之間，他選了多睡十五分鐘，於是便要乘他最討厭的地鐵上學。繁忙時間的地鐵是絕對的沙甸魚製造所，每一卡車廂都是密質質的人，個個木無表情，像要被輸送去集中營似的，更甚的是當年的地鐵在繁忙時間會有專人把被地鐵門夾着身軀的乘客擠進車廂。

大衛因為趕着上學，於是乎在車門關上的刹那決定一個側身閃身而進，可惜慢了一步，不偏不倚被車門夾着，夾中了小大衛，大衛一聲慘叫，繼而有一雙戴着勞工手套的手，一上一下，按着他的手臂及大腿把他硬生生的擠進車廂，那是大衛人生之中最沒有尊嚴的一次。

自此之後，大衛就開始害怕人群，但凡人多的地方，如花市、球賽、演唱會，大衛都會渾身不自在，輕則心跳加速，重則呼吸困難，所以他是不能做一些要返朝九晚五的工作，也不能搭地鐵。

一輛的士連司機最多可載五個人，是大衛的理想工作場所。

瑪嘉烈要去看鴨？那怎麼辦好？他從媒體看到尖沙咀碼頭那一層一層黑壓壓的人頭，大衛只覺得恐怖，如何能夠走近那裏？

但瑪嘉烈興致勃勃，又不好掃她興，雖然大衛不明白為甚麼作為一個時代女性，喜歡看奇斯洛夫斯基電影的瑪嘉烈，為甚麼會對那隻膠鴨產生興趣，女人都是有喜愛小可愛這種癖好。

那麼小的一件事也不能滿足瑪嘉烈，又怎可以說是愛她呢？大衛為了證明自己對瑪嘉烈的愛，他這幾天故意去一些多人的地方測試一下自己的情況，例如在戲院散場時衝擊人群，在崇光百貨門口穿梭。結果，出乎意料之外，情況比想像中理想，只要大衛心裏想着瑪嘉烈在他的旁邊，他總是能夠平靜下來，似乎是可以和瑪嘉烈去看鴨了。

大衛懷着一點緊張、一點興奮的心情去接瑪嘉烈，原本那鴨平平無奇，但一想到和瑪嘉烈一起去看，整件事便升格了，大衛竟然有點期待，期待與瑪嘉烈和鴨來一張合照。

大衛接了瑪嘉烈便朝着九龍的方向駛去；對，為了瑪嘉烈，大衛的香港車準備歷史性第一次過九龍。先讓瑪嘉烈在車內吃車仔麵，再為她過九龍，大衛覺得這就是愛。

拍拍照

大衛覺得自己有點像狗仔隊，因為他近來喜歡偷拍瑪嘉烈。當然，不是偷拍裙底，他只是當瑪嘉烈走向他的計程車時，飛快地舉起手機拍下一兩張快相，一起食飯時，趁瑪嘉烈不為意又拍下一兩張。

因為，大衛發覺他和瑪嘉烈是一對非一般的情侶。這是一個拍照比拍手更輕易的年代，自拍更是易如反掌，一般的戀人，通常有理無理都會狂拍照，但是他和瑪嘉烈戀愛了幾個月，還算是熱戀階段，竟然連一張合照也沒有，是不是有點太奇怪？

大衛自問不是一個喜歡拍照的人，他不知道怎樣對着鏡頭擠出笑容，拍出來的照片，表情永遠都是硬繃繃的；瑪嘉烈也有告訴過大衛，她不喜歡拍照，但和情人的合照應該是例外吧。

大衛其實很想和瑪嘉烈有一張合照，但是故意提出這個要求又好像有點難為情，這些小情趣，應該是女方提出比較好吧。有次和瑪嘉烈遊車河，碰巧看到日落，大衛見大好時機，停好車，準備拿手機出來要求合照的時候，瑪嘉烈卻率先拿出了手機，不過她拍的不是大衛也不是自拍，而是拍那日落。

瑪嘉烈也試過傳一些自拍照給大衛，不過通常都只得半張臉，大衛沒有辦法，唯有偷拍瑪嘉烈，然後將拍回來的相片加工，甚或把自己的相片和瑪嘉烈的合併，自行製作合照。

機會來了，難得瑪嘉烈提出去海港看那膠鴨，雖然大衛覺得其實西九那堆屎及乳豬也不錯，但怎麼說也是一個拍照的好時機；大衛雖然怕人群，但想到可以有機會和瑪嘉烈合照，懸崖也去，何況只是過九龍。

來到看鴨的現場，大衛才知道甚麼算人山人海，有一家大細、有旅行團、有一家大細的旅行團，大衛很久沒有看過這麼多小孩子，他看到瑪嘉烈都有點面青。

一場到來，怎麼也要得到一張合照，大衛拖着瑪嘉烈在現場四周穿插，希望找到一個有利位置，但每每找到一處無人遮擋的罅隙，來不及拿出相機，已經有人牆在更前的位置築起。眼前有一群旅行團要離開，讓出有利位置，瑪嘉烈一手扯着大衛，衝了上前，然後左手箍着大衛的頸，右手拿着手機以迅雷不及掩耳的極速，自拍了一張他們的世紀合照。

瑪嘉烈拿着手機，看着那剛才的合照，流露出滿意的笑容。大衛假裝不經意探頭看看那相片，瑪嘉烈當然是一貫的標致，但自己的表情卻是受了驚嚇似的，而且還張開了口，好像在説話，太笨了，不過好好歹歹算是一張合照。

大衛心裏很歡喜，他打算提出到西九那邊拍屎，期待有一張別人為他們揸機拍下的全身照，他已想定了表情，不會再露出笨拙的樣子。

甜蜜蜜

為甚麼放假不可以攤在沙發看一整天的電視，為甚麼天時暑熱不可以在冷氣間內度過一個下午，這是大衛收藏在心裏的問題。

瑪嘉烈實在太好動了，繼遊船河、曬太陽之後，她約了大衛今個周末去踏單車！當大衛聽到這個邀請時，有一道寒意從背後湧上。

當年大衛看《甜蜜蜜》的時候，看到黎明用單車載着張曼玉，她哼着「甜蜜蜜」，他們在廣東道穿梭，這個場景是多麼的浪漫。大衛從那時起一直幻想他會和一個張曼玉般高佻精靈的女子約會，然後用單車載她遊廣東道。但是，到了今時今日，大衛不但認識不到張曼玉，他連單車也不會踏。

難以解釋一個男生為甚麼不會踏單車，大衛不是沒有嘗試過，但就是學不來，雙腳一踏上踏板，二話不說便失去平衡，一隻腳又要返回地上支撐着。大衛覺得自己在單車上實在太笨拙，他認為踏單車如數學科一樣，在日常生活中是不必要的，於是他便忘記了要學會踏單車這回事。

現在，大衛十分忐忑，他不想瑪嘉烈發現他不會踏單車，就算不會顯得他是一個弱者，也難免給人一種娘娘腔的感覺，瑪嘉烈不會喜歡娘娘腔，那怎麼辦好呢？

傳說中，要學曉踏單車只需一剎那，對，不是一分鐘、一小時，只要人車合一的一剎那便成了，而且一旦學會便不會忘記。不過，那一剎那究竟甚麼時候出現就不得而知。距離周末還有數天，大衛要好好利用這數天來找人車合一的一剎那。

瑪嘉烈和大衛的單車約會來了，他們約了在沙田見面，大衛以為會看到瑪嘉烈一身車手裝扮，但瑪嘉烈竟然穿了短裙，那怎麼踏單車呢？大衛的視線沿着那短裙而下，咦，瑪嘉烈的足踝為甚麼包紮着的呢？

原來，瑪嘉烈昨晚拗了柴，大衛差點從心裏笑了出來，單車，不用踏了吧。

正當大衛要提議不如看電影、唱K、回家看電視時，瑪嘉烈拉着大衛往租單車；瑪嘉烈選了一輛家庭裝的三輪車，即是有前後座那種，她要大衛載她。

三輪車，沒有問題，大衛載着瑪嘉烈沿着城門河畔，穿梭於家爺仔乸的單車陣，大衛大汗疊細汗，他仍然在想着為甚麼天時暑熱不可以在冷氣間度過一個下午。

載着瑪嘉烈的三輪車感覺很踏實，與此同時，大衛的心裏響起了一首歌：

在哪裏　在哪裏見過你

你的笑容這樣熟悉

我一時想不起　呀　在夢裏

瑪嘉烈會不會是鵝公喉的呢？

水在滴

最多色狼出沒的地方，並不是暗黑街角，不是沙甸魚地鐵，而是卡拉ＯＫ和船河。

大衛曾經跟以前的同事去過數次卡拉ＯＫ，目擊了人變獸的過程。平時文質彬彬的男同事，立時變成江湖大漢一樣，大聲的猜枚，使勁的搖骰盅，然後喝了兩杯威士忌綠茶便開始搭着女同事的肩膊，猜partner、合唱、跳舞，而平時一派淑女姿態的女同事也好像得到釋放一樣，喝酒比男人更狠，更毫不介意和一眾男同事攬攬錫錫。

船河呢？表面上這是一個健康的活動，但一起玩香蕉船、跳海、游水，少不免有太多不必要的身體接觸。大衛對這兩個活動都有戒心，但是瑪嘉烈卻十分熱衷，尤其是遊船河。

大衛不喜歡看其他女性，他只喜歡看瑪嘉烈穿三點式泳衣，但不是所有人都好像他一樣，想着有其他人的眼睛吃瑪嘉烈的冰淇淋，大衛決定他和瑪嘉烈一起上船，他知道他不能阻止其他人看瑪嘉烈，至少他要知道誰在看她。

為了今天這個船河，瑪嘉烈特意買了件新的三點式，彩藍間，顏色上較含蓄，但三點式的布一定要這麼少嗎？

瑪嘉烈和大衛躺在甲板曬太陽，曬了一會兒，瑪嘉烈轉個身便跳落水了。大衛看着瑪嘉烈和幾個女朋友，時而浮、時而游；過了不久便有幾個健碩男加入。

都說遊船河是一個表面健康的活動，但原來現在時興一邊游水一邊喝酒，有人負責在船上將一支支的雞尾酒拋給水中的人，拋的接的都表現得很興奮。大衛呷着手中的可樂，他只想瑪嘉烈快點上船，太陽快點下山，最好下一點雨。

大衛坐在甲板上發呆，忽然有人拍他一下，是個陌生的女子，女子竟要求大衛幫她在背上搽太陽油，「有那麼隨便的嗎？」大衛想推卻，但實在不能太老土，於是他便替那女子胡亂地塗了點太陽油，之後那女子便在大衛旁邊曬太陽。大衛的視線在那女子的身上快速游走，古銅色的皮膚，纖細的小腿，臀部很結實的樣子。這時候，女子的幾個朋友出現了，統統都是模特兒一般的身段，但大衛覺得她們都太瘦了，都是瑪嘉烈比較骨肉均稱。

那班模特兒般的女子排開在甲板曬太陽，幾乎將船上所有的陽氣都吸了過來，包括剛才和瑪嘉烈等朋友在水中玩得興起的健碩男。

大衛忽然覺得很放心，因為根本沒有人如他般懂得欣賞瑪嘉烈，一般人都是喜歡吃庸姿俗粉的冰淇淋，瑪嘉烈的冰淇淋只有他才懂得細嘗。

瑪嘉烈上水了，朝大衛走過來，她身上還滴着水，太美了，大衛覺得這叫做永恆。

行沙灘

這是大衛和瑪嘉烈第一次行沙灘，大衛沒有改變，他依然不喜歡曬太陽，趁現在還未入夏，太陽沒那麼猛烈，所以他便約瑪嘉烈來沙灘走一走。

瑪嘉烈說過要來沙灘很多次，這算是他實現對瑪嘉烈的一個承諾。

乍暖還寒的海灘四下無人，但看真一點竟然有人鋪好了沙灘蓆在曬太陽，不過都是洋妞；洋人在這城市是不怕冷又不怕熱的，只要有太陽曬，十多度穿比堅尼也沒有問題的。

人跡渺渺的海灘，除了海浪聲還是海浪聲，他和瑪嘉烈沿着沙灘漫步，似乎大家都不想打擾這份寧靜。

沙很幼也很綿，大衛蹲下，拾了一把沙，沙粒在他的指縫間溜走，這個動作真的很文藝。從指縫間他看到瑪嘉烈，她獨個兒走到較前的位置，做甚麼呢？想不到瑪嘉烈來到沙灘也不忘拉筋，大衛知道瑪嘉烈準備做瑜伽。

聽說在戶外做瑜伽，吸收日月精華是可以達到另一個層次的，也聽說麥當娜之可以今時今日還那麼fit，全因為每朝早她都在日光底下做瑜伽。

大衛經常聽瑪嘉烈說下班要去做瑜伽，他甚至懷疑過其實她是去其他約會，因為真的做得非常之頻密，而他卻從沒有見到瑪嘉烈做瑜伽；也正常的，因為一般的情況下也不會跟情人說，擺個瑜伽姿勢給我看看好嗎？

大衛走到海灘的小食亭，買了一支啤酒，然後坐在一旁，他等候瑪嘉烈熱身完畢。

瑪嘉烈拉筋也很認真，原來她身體的柔軟度那麼高，彎腰的時候，整個人可以九十度摺起來。瑪嘉烈準備好了，她就像耍功夫一樣，一式一式的來做，老實說有點像武俠小說看過的，有左腿纏右小腿、有金雞獨立，俯臥在地面時竟可以將上半身抬離地面，然後來個觀音坐蓮，還有拈花微笑，原來瑪嘉烈是一個高手。

做瑜伽時的呼吸是很重要的，徐疾有致，專注的呼吸可以幫助精神、肉體、大自然結合，也可以改變氣場，做一次瑜伽就好像可以洗滌心靈，大衛是這樣聽說的。

那麼，他現在和瑪嘉烈在同一個沙灘，她呼吸着他呼吸的空氣，這靈慾一致，大衛覺得自己也有份參與，瑪嘉烈在冥想之中也會看到大衛吧。

剛才的小食亭好像有碗仔翅和生菜魚肉，不如各買一碗，做完運動是會肚餓的，還是買兩溝好呢？瑪嘉烈又好像只喜歡碗仔翅，還要加很多醋、很多胡椒粉……

在微風吹拂之下，大衛進入冥想之中了。

聖誕節

大衛最討厭的節日是聖誕節，也許不是討厭聖誕節，而是厭倦那種一班人無無謂謂大吃大喝，為節慶而節慶的所謂慶祝，很無聊；聖誕是慶祝耶穌誕生，普世歡騰是因為救主下降。

大衛自從小學畢業後便沒有聖誕節聯歡這回事，有人邀請他，他也盡量推搪，就算戀愛的時候他對這個節日也是隨隨便便吃個晚飯便回家，可能因為這樣，那些女子都覺得大衛不重視她們，聖誕過了不久便鬧分手。大衛不明白要和情人一起過節這個概念，在一段關係中為甚麼那麼重要？

但是，自從和瑪嘉烈一起之後，大衛竟然發現自己對那個庸俗的聖誕節有所期待，大衛開始想着如何籌備和瑪嘉烈去度過他們第一個耶誕。

「食」，通常都是第一個議題，聖誕大餐是大衛第一件想到的事情，他仍然懷念小時候那些港式餐廳供應九道菜的聖誕大餐，那幾片如乾柴的火雞洋溢着聖誕的烈火。

大衛想為瑪嘉烈烤一隻正式的火雞，不是去超市切幾片那種，要有認真的 stuffing，切火雞時要有煙冒出的，是時候為家中添置一個焗爐了。除了焗爐，可以的話大衛還想為家裏建造一個壁爐，燒柴那種，和瑪嘉烈在壁爐旁吃烤火雞，爐火在燃燒，愛火也升溫。

家裏需要有一點聖誕佈置，聖誕樹是必然的，大衛想物色一棵白色的聖誕樹，淘寶應該有，然後再買些裝飾品，想着和瑪嘉烈一起為聖誕樹掛上星星、波波，綑上燈飾，然後一人一隻手指進行亮燈儀式，按下電掣，聖誕樹亮燈了，那是一件多麼浪漫的事情，人生有幾何可以和情人一起裝飾聖誕樹？想起都快樂。

然後，他們會把為對方買的聖誕禮物放在白色的聖誕樹下，留待禮物日一起拆。

家裏應該伴着一些聖誕音樂，大衛最討厭的聖誕歌是 *Last Christmas*，由中學開始聽，每年也是它，好像一有水災就會聽到 *Bridge Over Troubled Water* 一樣，太悶了。

瑪嘉烈喜歡廣東歌，就做一個廣東聖誕歌歌單吧，應該包括 *Lonely Christmas*，《零度聖誕》，不過好像已經沒有第三首，但無論如何，也是不會向 *Last Christmas* 屈服的。

大衛的思潮又回到瑪嘉烈那邊，她好像是喜歡在大節狂歡的類型，她其實會不會想一班人一起嘻嘻哈哈呢？如果和一班人嘻嘻哈哈，她會不會邀請我和這班人一起嘻嘻哈哈呢？真的邀請我，我又會不會去呢？

「你眼光光在想甚麼？快幫我塗點太陽油吧。」剛從水裏走出來的瑪嘉烈看到大衛在發呆。

「今天是大暑，不如今晚煲冬瓜水。」

聖誕節還有很久才到，到時瑪嘉烈會不會已經不再和我一起呢？

暑氣令人頭昏腦脹，大衛愈想愈遠。

小風波

瑪嘉烈有一個前度男朋友最近從外國回來，由一大班朋友為他洗塵到單獨陪他看房子，她統統都有參與，雖然每次都有告訴大衛，但大衛感覺不是味兒。

大衛有叫自己別那麼眼淺，都不過是前度，不需要活到一把年紀，人人都可以賺到一定數量前度。但是，他發覺每次瑪嘉烈和這位前度外出回來，都好像特別心花怒放；愈見瑪嘉烈開心，他便愈妒忌那位前度，見到自己的女人因為其他男人而開懷大笑，妒忌是正常吧。

大衛是不折不扣的天蠍座，有甚麼不滿意會一直放在及記在心上，而且寫在臉上。近幾次瑪嘉烈會完那位前度，回到家之後，大衛定必木無表情地坐在沙發看電視，瑪嘉烈有一晚終於發覺大衛有點異常，於是便問他原因，瑪嘉烈很詫異為何大衛會妒忌她和朋友享有的快樂，繼而大家不歡而散，類似的情況經常重複。

兩個人心中都有一根刺的話，那根刺可以漸漸腐蝕感情，原本不是問題的問題也會變成問題，大衛和瑪嘉烈各不相讓，他們已有幾個月沒有好好地對話。

今晚，大衛又來到這家小酒吧，大衛來這裏的次數愈來愈多，即是代表他和瑪嘉烈的摩擦愈來愈頻密。一對正常的情侶有拗撬很平常，但如果都是因為同一個原因，就會令人厭煩、厭惡。

這家小酒吧就在家的附近，大衛每次覺得自己即將要發脾氣便會藉詞買香煙離開事發現場，他需要一杯冰凍的啤酒讓自己冷靜，他討厭和瑪嘉烈吵架，吵架的時候瑪嘉烈很不漂亮。

可能最近來得比較多，與酒保開始熟絡，除了喝啤酒，大衛和酒保聊上幾句，心情也會輕鬆一點，大衛發覺他甚至有點期待和瑪嘉烈不歡，好讓他有藉口去喝杯啤酒和酒保見面。

大衛不想承認但他心知肚明，他對這個酒保有點好感，甚麼是有好感呢？大概是會有想見這個人的感覺吧。今晚，他們又在聊天，大衛對着她的時候，心裏很舒坦，她問他要不要試試她特製的長島冰茶，大衛最怕喝醉酒，他不相信竟聽到自己答：「好。」

酒吧的電視正在播放外地的新聞頻道。

"Margaret Thatcher died of a stroke on Monday."

大衛看到電視熒光幕底部的滾動新聞頭條，他想起他的Margaret，如果死了的是他的瑪嘉烈……

酒保拿來調好的長島冰茶時，大衛已經離開了酒吧。

維園見

當大衛提出這個約會時，瑪嘉烈有一陣噁心的感覺從丹田湧上來，大衛約她今晚在維園見面。

瑪嘉烈和大衛一起已好幾年，一起住也有一段日子，還需要曬月光嗎？曬月光或者平常的飯後散步不是問題，為甚麼要去維園？

瑪嘉烈很討厭維園這個地方。

是咁的。

話說那一年瑪嘉烈和一個校內的男同學戀愛，那是瑪嘉烈的初戀，就是放學去麥當勞吃個雪糕新地、一起上學、放學、周末去看電影、溜冰這種青澀的戀愛，沒負擔、沒未來，有種不成熟的美。

中學時代最應該做的事就是談戀愛，所以那男同學除了瑪嘉烈之外，還有來自同校但不同級別的女朋友。有一天，男生約了瑪嘉烈去維園，他們從放學起便一直在維園一角的長櫈坐着，男生提出分手。瑪嘉烈只記得她眼淚不停的流、不停的流，她第一次感覺到原來世界末日是這樣的。過了午夜，是離開的時候了，要蓋棺了，瑪嘉烈幾近崩潰，她有一剎那想跪下來哀求男同學不要離開，到今天，一切還歷歷在目。

有人說初戀都是不知為甚麼地開始，不知為甚麼地結束，戀愛了這些年，瑪嘉烈覺得不獨是初戀，而是所有戀愛都是這樣子。

自此之後，瑪嘉烈一走過維園附近就會想起那個男同學，想起那個心碎的晚上，雖然過了這麼多年，男同學已變成了同性戀，但瑪嘉烈還是對維園沒有好感。

所以，當大衛提出約她在維園見，瑪嘉烈除了想起那不愉快的回憶外，還想到大衛會否和那男同學一樣要和她分手呢？

萬一大衛真的提出分手，她應該怎麼辦？但好端端的又怎會分手呢？不過，很多時候，只是其中一方單方面以為好端端，殊不知其實在另一端已開始腐爛，感情這回事真是你估唔到。

瑪嘉烈覺得自己想得太多了，是好是壞總要面對，去維園便去維園吧。

再次踏足這個地方，瑪嘉烈意外地平靜，一想到大衛總能令她的心情平復下來，一個你知道他是專心一意愛着你的人，總能給你安全感。

但那大衛竟然遲到，瑪嘉烈便坐在長櫈上等他。

晚上的天氣有點涼意，但大衛來到的時候額角還滴着汗，瑪嘉烈看到大衛的神色有點凝重，瑪嘉烈來不及問大衛為甚麼要來維園，大衛便率先提議不如走一走。平時大衛一定會牽着她的手，但是今晚卻一反常態，雙手插袋，低着頭，默默無言，領着瑪嘉烈往前行。

走到不知哪一片的草地，那裏好像有很多螢火蟲的閃光，但曾幾何時見過維園會有螢火蟲呢？在好奇心的驅使下，瑪嘉烈探頭一看。那不是螢火蟲，那是平常用來綑聖誕樹的小燈泡，小燈泡排成了五個字：

"Margaret will you marry me?"

她轉身想找大衛，大衛呢？大衛在她面前，不過矮了一半。拿着戒指的大衛，單膝跪在瑪嘉烈面前，熱切地等待着瑪嘉烈的答案。

瑪嘉烈的眼淚不停的流、不停的流、不停的流……

陳奕迅

大衛很少麻煩朋友，但今次真的迫不得已，他要找人買陳奕迅演唱會飛。

為甚麼自己不排隊呢？不要開玩笑，多勞多得這個道理不適用於買演唱會飛這回事，因為就算一早去排隊，也沒有可能買到握手位，那些好的位置統統都給內部認購，而內部之中又再有內部，公開發售的門票一半也沒有，何況握手位。

那為甚麼一定要買握手位呢？陳奕迅很靚仔嗎？當然不是，因為大衛想和瑪嘉烈一起看陳奕迅，他留意到，有時在車上播陳奕迅的歌時，瑪嘉烈有跟着唱兩句，於是大衛便假定瑪嘉烈喜歡E神。再有一天，經過隧道口見到陳奕迅演唱會廣告，大衛順口一提「不如一起看」，瑪嘉烈也說了一句「好」，請女朋友看演唱會一定要有好的位置。

大衛左問加右問，結果問到一個做教師的舊同學幫忙，教師為甚麼可以買到演唱會飛呢？哦，舊同學有個學生的家長是其中一個工作人員的女兒，哦……難怪門票那麼難撲，原來內部的外圍也是屬於內部。

無論如何，大衛也是既得利益者，他終於買到兩張陳奕迅演唱會飛。

就在大衛要告訴瑪嘉烈他買好了飛的時候，瑪嘉烈告訴大衛她的朋友有免費飛，邀請她一起去看；世事就是這樣，你辛苦得來的，人家唾手可得。

大衛也曾經這樣撲過飛，當年有個女朋友很喜歡黎明，於是他便買了兩張飛準備給她一個驚喜，可惜演唱會之前便鬧翻了。大衛自己一個人去看黎明，隔壁的位置就由它空着，全場少女的尖叫聲襯托那張空櫈，他覺得是對方的損失，損失了一個好人也損失了一個跟黎明握手的機會。

大衛沒有告訴瑪嘉烈其實他已買了票的事實，可能告訴瑪嘉烈的話，她會不和朋友去看，或者會看兩場也說不定，但是大衛就是不想，看演唱會如此小事一則，不看陳奕迅，下次看容祖兒吧，有甚麼大不了？賭氣的大衛。

話雖如此，最後大衛為自己的心理搭建了一個下台階，他偷偷的把一張門票放進瑪嘉烈的手袋，當作是一個給瑪嘉烈的驚喜，始終他都想和瑪嘉烈看演唱會。

場館的燈暗了，少女的尖叫聲此起彼落，大衛看着身旁那張空櫈……

「徨惑地等待你出現……」

經常不執拾手袋的瑪嘉烈會不會來呢？

的士司機這個行業，其一大好處就是自由，可以自由選擇開工時間、地點、甚或顧客，看見那些賊眉賊相的，踩油便走，很爽。大衛沒有為自己設定休日，但每一年這一天他都不會開工，就是七月一日。

七月一日是回歸紀念日，大衛當然不會因為慶回歸而不去開工，只是每年這一天，港島區都會有遊行，遊行日街上愈少車愈好，空氣和空間都要留給上街的市民。大衛不是每一年都有參加，他第一次參加是五十萬人上街那年，即是反對廿三條那一年，沙士那一年，張國榮自殺那一年，那是二零零三年。

二零零三年香港好像沒有人快樂，整個社會都是怨氣，大衛還記得那一天街上有人派發「向董建華擲蛋糕」的海報；那時候董建華是眾矢之的，但比起今天的梁振英，董建華都不是太差。

大衛從來不是熱血青年，十年前他去遊行是因為整個社會的氛圍驅使，也因為當年的女朋友。

不要誤會，大衛的女朋友其實一點也不關心社會課題，她搞不清楚廿三條是甚麼，她去遊行是因為張國榮。女朋友是張國榮的粉絲，哥哥自殺之後，她一直都不快樂，她提出要大衛和她一起去遊行，因為她要將對張國榮自殺的不滿發洩出來。

大衛覺得很詭異，兩件事怎麼會有關連呢？張國榮自殺可不是社會議題哦。「七．一」那天，在維園足足等了兩個小時才出發，等候時她的女朋友一直在哼着張國榮的歌，《有誰共鳴》、《共同渡過》、《風繼續吹》，也懂得選曲，沒有唱《少女心事》；但更詭異的是竟然有人一起跟着唱，也許，哥哥的歌真的有把人拉在一起的動力。整個遊行過程，他們都在唱張國榮，遊行究竟為了甚麼，只有自己才會知道。

第二天看到報道，大衛才知道原來有五十萬人上街，看到相片中那黑壓壓的人頭，大衛忽然覺得有點感動，那是一種集體回憶，而能和喜歡的人和社會一起擁有一致脈搏，這經驗和一起登上少女峰是不同的。

很快又到七月一日，大衛很高興今年可以和瑪嘉烈一起去遊行，瑪嘉烈那麼喜歡戶外活動，應該不會反對吧。

「七月一日？我還在孟加拉。」那是瑪嘉烈的答案。

瑪嘉烈語帶可惜，她每年都有參與的，二零零三那年是第一次，印象很深刻，因為沿路聽到有人唱張國榮的歌，雖然她不知道《風繼續吹》和反對廿三條有甚麼關係。

今年行不到，明年行吧，「七．一」遊行不會消失，瑪嘉烈和大衛也一樣，不見不散。

第四章

不代表愛的深淺度

吻的激烈程度

牽一牽

大衛雖然是一個成年人，但有時候思想如中學生一般，他對一些微不足道的事情很執著，例如他很在意牽手這回事。

大抵只有中學生，還要是史前的中學生才會覺得牽手是一件重要的事情，大衛覺得，沒有牽過手的，怎麼也不算一對情侶。這個世代，上過牀的還只是陌生人，誰會在乎牽不牽手，大衛的想法也夠恐龍吧。

如果要大衛選擇，他會喜歡牽手多過造愛，因為牽手可以分分秒秒，造愛則不能；牽着愛人的手，那感覺太實在了。大衛是這樣想，不過瑪嘉烈似乎有另一種想法，至少她似乎不重視牽手這回事。

大衛第一次接觸瑪嘉烈的手，是在駕駛的時候，趁着等紅綠燈期間，大衛吸一口氣，看準瑪嘉烈的右手正在閒置，便用他左手的食指及中指隨意一勾，勾着了瑪嘉烈的手指，至於多少隻手指，哪隻手指，因為太匆忙也太緊張，大衛不記得了。當亮起綠燈時，瑪嘉烈把大衛的手放回軚盤，示意他專心駕駛，結束了他們第一次的牽手過程。

自此，他們在看電影時、走在街上時，偶然也會牽手，但也只是蜻蜓點水式的，大衛試過故意不放開瑪嘉烈的手，但最後瑪嘉烈總是借故掙脱。這對大衛來説實在是困擾，為甚麼瑪嘉烈就是不願意讓他牽手呢？

是不是瑪嘉烈其實不大喜歡他？還是有一兩隻手指是假的呢？但除此之外，瑪嘉烈其他的言行又如一般戀愛中的人無異，大衛又不好意思煞有介事為這種小事去問瑪嘉烈。

今天，大衛又來接瑪嘉烈下班，這陣子的天氣都熱得厲害，大衛在冷氣車廂內都感到外面的乾烈熱氣，路人的腳步都加快了，似乎急於避開那過分猛烈的太陽。瑪嘉烈出來了，也許瑪嘉烈太心急見大衛或者避開太陽，在打開的士門的時候不知絆到甚麼，差點滑倒，幸好她及時用手撐着的士的玻璃窗才不致跌倒。

瑪嘉烈坐進車廂之後，大衛看到剛才瑪嘉烈按着的玻璃窗很清晰地留下了一個水蒸氣形成的手印。哦，怪不得瑪嘉烈總是喜歡無時無刻拿着那捏作一團的紙巾，原來是這樣，這解釋了為何她不喜歡長期被大衛牽着手。

原來，瑪嘉烈是一個大手汗的女子。

大手汗的女子，很性感喔，大衛一邊想一邊開動他的計程車。

曬太陽

大衛終於肯和瑪嘉烈去這趟旅行，不是大衛有坐飛機驚恐症或沒有時間，而大衛是一個百分之二百的城市人，一出門口有便利店是他的理想居停。對於一打開門是海的度假別墅，他的興趣不大，對大衛來說打開電腦重要過打開窗戶，所以大衛肯和瑪嘉烈一起來這裏度假，瑪嘉烈很興奮。

這裏是赤道以南，北緯四十五度，簡單一點來說就是法蘭西的普羅旺斯，大衛未聽過這個地方，他只知道《普羅米修斯》，這普羅之地一點不普羅，要先去巴黎，再轉高鐵才去到，去旅行最好五小時航程的地方才平易近人。

瑪嘉烈說想來這裏曬太陽，法國南部夏天的日光很長，他們租了一間別墅，別墅有個私人泳池，每朝瑪嘉烈吃完早餐便開始曬太陽。

大衛現在才知道原來曬太陽的過程可以這麼漫長，瑪嘉烈由早上一直曬到太陽下山，間中會轉一下身，吃一兩片水果，喝一點酒，跳進水裏浸一下，除此之外就大部分時間動也不動便過了一天，究竟太陽有甚麼好曬？大衛不明白，大衛是有一點點潔癖的，全身出汗的時候他只想淋一個蓮蓬浴。

這個下午瑪嘉烈又在曬太陽，她很喜歡陽光烘着皮膚的感覺，好像為全身的皮膚做護理，感覺到汗從毛孔蒸發出來。下午時分的陽光很熾熱，瑪嘉烈塗太陽油的密度十分頻密，她比較喜歡自己的皮膚帶點古銅色，橫豎即使曬到黑炭一樣，到了秋天又會變回原本的膚色，而且古銅色看起來比較瘦。

瑪嘉烈俯臥在沙灘牀，享受着陽光，曬太陽的時候甚麼也不用想，腦海中一片空白真是一件愜意的事情，不過當你想知道自己的腦袋是不是空白一片時，其實已經不是空白一片。

差不多是時候塗點太陽油，大衛這雙手十分厚實，瑪嘉烈曾取笑他的手掌像一塊豬扒，厚厚的，男人的手掌要有點粗糙感才有味道。這雙手和太陽油結合，粗糙中帶點溫柔，在瑪嘉烈的身上漫遊，瑪嘉烈享受曬太陽，更享受情人為她塗太陽油這個親密舉動。

由頸到肩膀，到手臂、背、腰、大腿、小腿，均勻地把太陽油塗在需要的地方，手勢十分純熟，大衛不是不喜歡曬太陽的嗎？為甚麼手勢那麼如魚得水。

一下鳥鳴聲，吵醒了瑪嘉烈。

張開眼睛，大衛正在泳池的對岸，在太陽傘下，皺着眉心對着他的平板電腦。

剛才那雙手，是誰？

如果那是一個夢，瑪嘉烈夢中想要的是哪雙手？

小禮物

送禮物真是一個令人煩惱的問題，尤其在特別日子。很快便是和大衛的一周年紀念，瑪嘉烈還想不到究竟買甚麼禮物給大衛。

銀包、領帶、外衣，都好像太行貨，她又不懂得編織，不能送溫暖牌，幸好大衛沒有甚麼所謂，他經常說他最想要的瑪嘉烈都已經擁有了，實在沒甚麼更多的需要，她煮一煲牛腩給大衛做生日禮物，他都已經不知有多高興。

她不是擔心自己應送甚麼給大衛，而是擔心大衛會送些甚麼給自己。

瑪嘉烈不知自己是幸運還是不幸運，之前有一些男朋友和瑪嘉烈戀上了三個月、半年，便給瑪嘉烈送戒指，每次瑪嘉烈都會收下來，然後退回去。她不是不喜歡那些男子，但那小玩意太沉重，嚇走了瑪嘉烈，也提早了結段段良緣；又或許是瑪嘉烈太認真，覺得收下了等如接受對方承諾，她不敢。

三個月、半年，大衛也沒有送戒指給瑪嘉烈，但她怕即將來臨的一周年，萬一大衛送上戒指，怎麼辦呢？她就是因為真的喜歡大衛才不想走得太快，她想保持現狀；情侶分手，步伐不一致是一個原因。

真想不到大衛的禮物比戒指更劇烈。

一周年的晚上他們沒有出外，大衛到了瑪嘉烈的家，因為瑪嘉烈又炆了一煲牛腩給大衛，大衛吃得津津有味，吃過晚飯他們便看電視，然後睡覺去。

剛洗完澡的大衛從浴室走出來，看着瑪嘉烈，流露一個不懷好意的笑容，瑪嘉烈來不及問他笑甚麼，大衛一個轉身，不得了，大衛的背部有一個紋身，那不是瑪嘉烈的肖像是甚麼？肖像底部還寫了"Dear Margaret, I love you."

瑪嘉烈目瞪口呆，這個紋身跟鄭伊健在電影《古惑仔》中的造型差不多，佈滿皮膚的程度是九成，人家那些紋身都是紋一兩個英文簡寫意思意思，怎會把愛人的樣子紋上身。瑪嘉烈呆在當場但也表現得很驚喜，大衛看見她乍驚乍喜的反應覺得很滿足。

瑪嘉烈整晚也睡不穩，她一直想着大衛這個紋身，雖說紋身可以清除，但那麼大的篇幅，應該要整形手術才可以。清晨醒來時，大衛背着她，仍然睡得沉沉的，透過白色的汗衫，瑪嘉烈又隱隱看到自己的肖像，雖然那不是戒指，但瑪嘉烈還覺得是一個負擔。

不知是否幻覺，那個隱藏在汗衫下的肖像漸漸化開，那是血嗎？這一驚非同小可，瑪嘉烈不顧正沉睡的大衛，把汗衫掀起，用手輕輕一碰自己的肖像，那不是血，那是大衛在流汗而令肖像開始溶化。

瑪嘉烈驚呼了一聲，知道自己被整蠱了，那是畫上去的油彩，不是甚麼紋身。

大衛哈哈大笑，原來他一直裝睡在等這一刻，瑪嘉烈騎上大衛身上，作勢捏他的脖子，兩個人擁作一團。

瑪嘉烈心裏暗忖，幸好那不是真的紋身。

單或雙

電視報道薄熙來出庭受審的時候，做出疑似OK的手勢，可能是向其兒子薄瓜瓜傳遞秘密信息。那個手勢除了OK之外，只可以解讀成為「三」，要是秘密信息的話，那信息真的十分簡潔。不過，如果是私訊的話，薄瓜瓜可能解讀到另一個信息也說不定。

這段新聞令大衛聯想到瑪嘉烈近期一個行為。

最近，瑪嘉烈拍照的時候經常會單起一隻眼，i-D雜誌封面一樣，時而單左，時而單右。拍照的時候單眼，偶然也可能有一次，不隨意肌的抽搐有時候很難控制，但瑪嘉烈近來的單眼照出現得很頻密，她單眼的原因是甚麼呢？會不會是向甚麼人在傳遞甚麼信息？

單眼代表甚麼？是打招呼、是隻眼開隻眼閉、是你好嗎我很好、是快來找我吧、是我很想念你、是我等你、是我愛你、是海盜的暗號……

如果瑪嘉烈不是在傳遞信息，那甚麼令到她在相機快門開合瞬間的罅隙中千鈞一髮之下單出一下眼？

會不會是她興奮忘形？還是瑪嘉烈覺得單眼這下動靜很性感呢？又抑或她其實向拍照的人單眼？不，這不合邏輯，因為有些自拍照瑪嘉烈也有單眼。

單眼有誘惑的作用，放電技巧的一種，性感女星的慣技，單眼就是想放電，瑪嘉烈有想電的人？

大衛不大喜歡別人朝他單眼，某程度上大衛是一個保守的人。大衛記得第一個向他單眼的人是中學的數學老師 Miss Chan。那天，大衛當值日生，負責擦黑板，大衛最憎擦黑板，這是一項完全不人道的工作，以前又不流行口罩，一邊擦，那些白粉不斷從黑板飄過來，吸入身體不特止，還弄得滿頭滿身都是粉，真的很討厭。

Miss Chan 到達課室時，大衛正在擦走最後一行字，Miss Chan 倚在門口，等大衛。大衛擦完黑板之後用眼神向 Miss Chan 示意完成了，Miss Chan 就以一下單眼回應，大衛匆匆的返回座位。

整堂數學堂 Miss Chan 的那一下單眼在大衛腦海不停重覆出現，為人師表為甚麼向學生單眼？如果，老師在課餘時間講句 FUCK 都要被大造文章的話，當年 Miss Chan 向一個未成年的男學生單眼，簡直應該要拿去浸豬籠！

大衛因為 Miss Chan 這下單眼覺得自己好像被人抽水了，但他又因為這下單眼而心跳加速，之後那個晚上與再之後的晚上，Miss Chan 都出現在大衛的夢中向他單眼，這是大衛與師生戀這件事最近的距離。

「你隻眼最近有沒有事？」大衛按捺不住終於要問瑪嘉烈。「你怎麼知道？那麼明顯嗎？」「明顯甚麼？」「我跟朋友去試個新科技，甚麼分子冷凍雙眼皮，怎知做完之後很不舒服，幸好只做了一次……」「你去整容？你明明是不貪靚的。」「我不貪靚，但貪玩。」「有甚麼好玩？你本身已經雙眼皮啦，有沒有看報紙呀？你看王祖賢……」「這不算整容，是美容……」

如果整容和放電、單眼和整雙眼皮二者選其一，你想你的女朋友做哪一樣呢？這刻 Miss Chan 的單眼又隱約浮現在大衛的腦海。

不經不覺瑪嘉烈的頭髮已長得可以束條小辮子，他們初相識時她的頭髮還不及膊，大衛對長髮的女子沒有特別偏愛，直至瑪嘉烈今天束了一條馬尾他才意識到瑪嘉烈的頭髮長了很多。

這是大衛第一次看到瑪嘉烈束馬尾，瑪嘉烈把頭髮束起來，輪廓更加突出，臉龐比平時更瘦削，馬尾可愛的地方就是會隨着身體的郁動左右搖擺，好像向大衛揮手一樣：再見啦，大衛。

看着瑪嘉烈的背影愈縮愈小，大衛發覺他跟瑪嘉烈一起這段不長也不短的日子，對她的了解實在太少。知道她的星座性格、飲食喜好、生活習慣、流年運程、喝咖啡下多少糖、最想旅遊的國家、穿幾號鞋是不足夠的，他想從頭到尾、從內至外，再由外至內去了解她、了解一個人的靈魂該從哪裏着手？

瑪嘉烈愈走愈遠，原本被街燈拉長了的影子也被湮沒，大衛一路盯着瑪嘉烈逐漸消失的背影，原來看着喜歡的人離開，感覺是這樣的。

好像拿着氫氣球，一不小心，手一鬆，氣球便毫不留情地投向天空的懷抱，你可以做到的就是目送它離開，如果情人是以氫氣球的形式離開，是追不回來的；但是，除了氫氣球的形式外，還有一些方式是沒那麼絕情的。

離開還可以像放生龍躉，今天龍躉被送回大海，或者有一天又再上鈎；也可以像無限添飲的凍檸茶，喝光了，轉眼又可以注滿；又可以像來往中環尖沙咀的天星小輪，小輪似乎駛遠，但瞬間又會再回來。

總之，只要情人不是以氫氣球的形式離開，一切還是有商量的。

就像現在，大衛又看到瑪嘉烈的身影自遠而近，本來看着瑪嘉烈逐漸消失的背影，現在又看到她迎面而來，近些，再近些，大衛禁不住面上的笑容，瑪嘉烈的神情是多麼的凝重，那條馬尾又隨着瑪嘉烈的步伐在左右搖晃，太可愛了。

瑪嘉烈一臉正經的在大衛面前跑過，原來看着情人在跑步，是一件這麼寫意的事情，這個女人為甚麼那麼喜歡跑步呢？她跑步的時候又在想甚麼呢？

那條馬尾又在得意地向着大衛揮手：再見啦，大衛。
幸好，瑪嘉烈很快又會再回來。

吻下來

瑪嘉烈跟大衛一起以後，曾經一度覺得自己沒有甚麼吸引力，因為大衛總是對她不太熱情，不太熱情的意思是，他們很少熱吻的場面。

瑪嘉烈看很多電影，戲裏男女主角經常會有激情熱吻，如離別前的深深一吻、雨中忘情擁吻、擦亮愛火花的爆炸一吻；長也好，短也好，總之狠狠地吻下去，瑪嘉烈覺得，很愛就要有這一種吻；印象之中這種吻很少發生，大衛的吻都是溫柔的，輕輕的。

但是，激情之吻在一對情侶交往的熱戀期中，多多少少都應該會出現。至少，以往的戀愛經驗都是這樣告訴瑪嘉烈。每次戀愛，在頭三十天必然會出現這一種能表達很愛很愛的吻，男人都是十分衝動的，而瑪嘉烈都有令男人衝動起來的能耐。

難道她和大衛的戀愛屬於慢熱？交往了幾個月，還未到熱戀期？還是熱戀期已經過去？作為一個女性，實在不想在這方面採取主動，萬一對方反應冷淡，那怎麼辦？

大衛給瑪嘉烈的感覺，總是很保留、很收藏那種，瑪嘉烈說不出是甚麼原因，她感覺不到大衛很愛她。瑪嘉烈不需要情人對她說「我愛你」來作為愛她的證據，尤其討厭在造愛的時候聽到這三個字，她需要那種毛管直豎的感覺，但怎樣才可以有那種感覺，她又說不出來。

「真的結婚了。」正在上網的大衛忽爾自言自語。

說的是陳豪和陳茵媺，新娘子在微博發相，一臉幸福，新郎瞇着眼俯身吻她那戴上了結婚戒指的右手，瑪嘉烈覺得照片中的陳豪很愛陳茵媺，是很溫柔地愛，瑪嘉烈覺得有點感動。

然後在她腦海出現了一些畫面，她和大衛第一次拖手是在計程車內，拖了不久，大衛把瑪嘉烈的手往他的面頰輕撫，然後輕輕的吻了一下；又有一次看電影的時候，大衛又拿起她的手，吻她的手指；再有一次在等外賣的時候，大衛拿起她的手然後用自己的下巴摩擦瑪嘉烈的手背，想到這裏，瑪嘉烈覺得毛管豎起了。

原來她想要的感覺一早已出現，只是當時她不知道，原來很愛很愛是不需要動地驚天，不需要大聲疾呼，吻的激烈程度不代表愛的深淺度，她第一次感到大衛很愛她。

瑪嘉烈現在知道了。

看醫生

大衛的身體一向很好，沒生過甚麼大病，小手術也沒有做過，最重病的一次是在很多年前的大感冒。

那天下班，大衛開始感到頭暈身熱腳步浮浮，很辛苦才捱過一個晚上。生病的人意志特別薄弱，也特別希望有人關心，還有因為年紀輕，對戀愛存有幻想，長話短說大衛就是希望當時的情人甲可以陪他看醫生。

情人甲的確有陪大衛，不過她只是陪大衛去到醫務所門口，然後便走了，原因是她約了一班朋友食飯，不想遲到，大衛的臉色本來已經難看，聽到這樣的話就更難看了，大衛永遠都會記得「約了朋友食飯不想遲到」這句話。

一個人看醫生沒問題的，兩個人去看醫生又不會打折，大衛拿了藥便回家休息。

也許是時運低，一向沒有藥物敏感的大衛，吃過藥竟然敏感起來，全身出了紅疹。大衛不知好歹的還想測試自己的重要性，他首先想到通知情人甲。電話那頭傳來鬧哄哄的嬉笑聲，大衛只是告訴情人甲他藥物敏感，現在要去醫院，情人甲應了一聲，然後沉默起來；被嫌棄大抵就是這樣子。

大衛經常聽人說，最想找到個伴侶可以老來時陪伴看醫生，這只是一個浪漫但不切實際的想法。試想想，到你年紀大，你的伴侶不會比你年輕很多，到時候一個跛子、一個瞎子，累鬥累，都不知誰照顧誰。實際上外傭比較稱職，至少力氣大一點也不會告訴你他約了朋友吃飯。從此，大衛決定了他日若倒臥血泊，也一定先打「九九九」，那是最理智的做法。

很少生病的大衛除了感冒之外，最難抵禦的就是腸胃炎，人太喜歡放食物入口便有很大機會演繹病從口入這回事。

不知是晚上的生蠔，還是下午茶的火腩飯，大衛整夜也和洗手間作伴，吃了藥也不果，唯有去看醫生。大好的星期天要去醫院找醫生，真是掃興，本來還約了瑪嘉烈一起「賓廚」，大衛唯有傳個信息給瑪嘉烈，告訴她今天約會要取消了。

醫院等候門診的人比想像中少，多數都是父母帶孩子來看病，大衛看着玻璃門外熾熱的太陽，大衛分不清楚那是陽光帶來灼熱的感覺，還是自己其實在發燒，發燒得厲害會令人產生幻覺，怎麼好像看到瑪嘉烈？

瑪嘉烈一早便去了行山，收到大衛的信息便趕過來，看着瑪嘉烈着急的神情，還一把一把地抹着汗，頭髮也有點鬆散，大衛很想拿手機出來拍下這個情景。

大衛凝神地看着瑪嘉烈，他要將這個時刻記進心裏，記着她愛着他的神情；大衛很感激瑪嘉烈，至少在那個星期天瑪嘉烈是用心愛着他的。

必需品

大衛經常一個人逛超級市場，大多數時間都是有目標而來，每次他都會寫好一張清單，然後根據清單上的物品逐一搜購。每次他都是去同一家超市的同一家分店，因為他熟知貨架的排列方式，一去到便如識途老馬，知道飲品在正中，醬油在飲品左邊，醬油隔壁是即食麵，大衛最怕漫無目的地在一個地方兜轉。大衛每次買的貨品也差不多，衛生紙、洗潔精都是一樣的牌子，找到適合自己的便沒有必要去改變，大衛也不會因為貨品減價而多買一點，他不會為了節省一個幾毫而買兩條衛生紙來霸佔家裏的空間。

來到個人護理貨品的層架前面，大衛才知道藥水膠布有那麼多款式，有防水透氣、防水防菌、有透明的、有膚色的、彩色的，也有一些標明是彈性膠布，那有彈性的防不防水呢？防水防菌那些是不是沒有彈性呢？大衛拿了兩盒，一盒防水、一盒彈性。

即食麵一欄是大衛最喜歡的項目，今天他主力集中買杯麵。大衛拿起了出前一丁的碗麵和杯麵，都是杯麵比較輕巧；他還是喜歡原味，雖然現在那款黑蒜油豬骨湯十分人氣，但大衛覺得油膩得來根本沒有豬骨味，如果要豬骨味的話，倒不如買九州豬骨湯；大衛拿了原味杯麵也買了杯裝米粉，米粉好像比較健康。

紙巾一定買Tempo，雖然柔軟度好像健力氏好一點，但是萬一傷風起來要包一下雲吞，Tempo是最有保證的，大衛再買了一些消毒濕紙巾，有時用來抹一下餐具也是必須的。

罐頭食品，只買沙甸魚便好了。咦，平日買慣的地捫沙甸魚沒有拉蓋式，那豈不是要買罐頭刀？那邊有些長罐裝的是拉蓋式，日本貨，和風沙甸，不如試試吧，拉開便吃得，方便很多。

大衛推着手推車正前往收銀處，經過衛生紙貨架，一如以往買兩條節省一元半，而且今次有贈品，是手提小型風扇，大衛被那風扇吸引着，大熱天時，有把風扇仔傍身也是好的；於是，大衛破天荒買了兩條衛生紙。

付款的人很多，排在大衛面前的有三四個人，收銀姐姐手忙腳亂，又要問要不要膠袋，八達通有沒有儲分，又要派印花，大衛百無聊賴看到旁邊的是賣藥品的貨架，頭痛藥、傷風藥，大衛各拿了一包，眼藥水又買了一支，以防萬一。

終於輪到大衛付款，收銀機前放了一些口香糖，大衛也買了幾包。

還有甚麼要買呢？

瑪嘉烈過幾天要去孟加拉公幹，甚麼人會去孟加拉這些不斷持續地發展的地方公幹？去這些地方真的要做足準備，還有甚麼必需品呢？

洗頭水、牙膏、牙刷、電筒要不要呢？支裝水也需要吧，要先拿那兩條衛生紙回家，回頭再來。

太幼稚

誰不喜歡人家稱自己的女朋友做靚女？真的嗎？大衛覺得他就是例外。

有人讚自己也要看看對方是甚麼人，一個文盲說你的文化水平高，值得沾沾自喜嗎？

大衛是很討厭任何人叫瑪嘉烈做靚女。隨口叫你靚女的人得兩種，一種視之為口頭禪，一種視之為「撩」，中產一點去形容就是flirt，都是急色鬼的行為，與現實情況無關。

大衛唯一可以接受的是在街市內那些賣菜婆、雞佬、魚佬，他們凡是女性都會開口叫靚女，沒有年齡層之分野，「靚女買咩魚？」「靚女十蚊畀晒你。」「靚女今晚炒個菜啦！」每個買餸師奶都十分之受落，這是公關技巧。

第一次聽到人叫瑪嘉烈做靚女是和瑪嘉烈去做腳底按摩，那位男技師一看到瑪嘉烈便說「靚女要不要按肩頸？」大衛立刻示意男技師過來他那邊。

今天他和瑪嘉烈去茶餐廳吃早餐，天氣很熱，瑪嘉烈毫不吝嗇的穿了一條熱褲。老實說，大衛蠻喜歡穿熱褲的瑪嘉烈，那雙長腿是有一定的吸引力，但大衛和很多男人一樣只喜歡女朋友在自己面前穿熱褲。由踏入茶餐廳的一剎那，他已經感覺到有幾雙眼睛對着瑪嘉烈虎視眈眈，大衛對這些有色情意味的眼光是很敏感的。

夥計拿着兩杯水放低在枱上，然後就問：「食咩呀靚女？」

「睇睇先。」大衛瞪了那夥計一眼，搶着回答，侍應悻悻然走開。

「做甚麼？你妒忌人家叫我靚女，還是怪人家不叫你靚仔？」瑪嘉烈看到大衛憤怒的神情。

「下次來茶餐廳不要穿熱褲好不好？」大衛將怨氣發洩在熱褲身上，是熱褲惹的禍。

「外面三十五度，難道和你一樣穿牛仔褲嗎，會出熱痱的。」瑪嘉烈有時很喜歡刺激大衛。

「唔該要個沙嗲牛肉丁！」大衛點了瑪嘉烈最討厭的沙嗲牛肉來發洩。

瑪嘉烈覺得大衛真可愛，她老早留意到但凡有人喊她「靚女」，他都會報以一個不友善的眼神；她穿得性感一點他又會露出慍火，其實是屬於幼稚的，被一個人以那麼幼稚的方式愛着還是頭一趟，也可能只有幼稚的人才不會一心二用，單純地愛着一個人。

瑪嘉烈沒有理由不感到幸福，她打算和大衛出街時盡量不打扮得太性感，但人家叫她靚女總是不能避免的。

買手信

大衛不是一個喜歡麻煩朋友的人，他絕少會要求外遊的朋友幫他買東西。有一種旅行是分秒必爭，不好意思剝削別人遊樂的時間，況且也沒有甚麼必需要擁有的。

有些人對於叫別人買手信，視之為指定動作，朋友去韓國，要蝸牛面膜，「莎莎」、「卓悦」明明有售，大衛不明白為甚麼還要朋友從韓國空運，會新鮮一點嗎?更離譜的是去台灣還有人會要求買鳳梨酥、太陽餅，大衛真的想問他們知不知道崇光在哪裏。

不過，大衛雖不會麻煩別人，但他本人是不介意為朋友買手信的，反正他不會以五天遊三十六個景點的旅遊模式旅遊，買手信作為一個項目也是可以的。

大衛雖然不會叫朋友買手信，但是他很喜歡叫情人買手信給他。

上一次瑪嘉烈到孟加拉公幹，大衛在網上搜尋有關孟加拉的特產，蠻荒之地又會有甚麼特產，最後在「親子王國」看到有師奶說在孟加拉買飛利浦的三頭剃鬚刨，價錢出奇地便宜，於是他便向瑪嘉烈提出，希望她在孟加拉能為他買一個剃鬚刨。

瑪嘉烈跟他一樣，她在這方面屬於平易近人，每次去旅行也接到大大疊訂單，也沒有聽過她有甚麼怨言。當她聽到大衛這個要求，她報以一個「百老匯沒有鬚刨賣嗎？」的眼神。瑪嘉烈出差期間，大衛沒有提過瑪嘉烈要買鬚刨這件事，他靜心等待瑪嘉烈回來時把鬚刨交給他的情景。瑪嘉烈沒有令大衛失望，她的確有送鬚刨給大衛，不過那不是飛利浦，而是酒店那些用完即棄的剃鬚刀，足有五、六個。瑪嘉烈老實告訴大衛因為抽不到時間去逛街，所以拿酒店的當手信。

大衛當然不會介意，他把那個紙包裝的剃鬚刀好好收藏起來，反正瑪嘉烈也不會留意他有沒有用，甚麼時候用。

要情人出差或旅行的時候買手信，目的當然不在那些物件，而是希望情人會想起自己，而那份手信就是他想着自己時的證據。

大衛有時候覺得自己執着於這些確認是一件無聊的事情，但愛情這件事本身是這麼虛無時，實在需要讓自己有多點安全感。雖然一對相戀的情人，掛念、想起對方是非常自然的事，但大衛覺得人到了外地，那份思念未必能夠飄洋過海，有時候需要一些刻意的經營。

除此之外，要情人在適當的時候想起自己，更是一門美學的設計。甚麼是適當的時候？就是當他面對誘惑，想出軌未出軌的時候，不是說瑪嘉烈會出軌，只是以防萬一吧。

瑪嘉烈又要到外地探親，這次要她買甚麼好呢？

第五章

有過去的瑪嘉烈
才有現在的瑪嘉烈

公共巴士車廂內都有張貼告示，勸喻乘客當巴士行駛時切勿與司機談話，但為甚麼計程車司機卻可以肆意加入乘客的對話呢？大衛非常之不明白。

己所不欲，勿施於人。大衛最怕駕車時要回答乘客的問題，或者要接電話，他覺得這樣做十分之不專業。

所以，大衛非常不滿那個發明 voice chat 的人，而瑪嘉烈更是 WeChat 的粉絲，她對 WeChat 十分着迷。原本他們都只是用 WhatsApp 互傳文字信息，一下子轉變到語音信息，這個改變太大。

大衛是那種絕對不會在留言信箱留言的人，對着死物怎麼說話？但偏偏瑪嘉烈喜歡這門子的玩意，她替大衛下載了WeChat，要求大衛使用。

現在，瑪嘉烈每朝一起牀就會用WeChat和大衛講早晨，睡前又跟大衛說晚安。大衛其實不想用語音回覆，因為剛睡醒時的聲音像拳手猜了一晚枚、喝了一晚烈酒一樣——爛聲，總之他就是不習慣。

更纏擾的是當大衛在工作的時候，收到瑪嘉烈的信息。

當信息的信號響起，大衛會心癢癢想知道瑪嘉烈說甚麼，甚或只是想聽聽瑪嘉烈的聲音。但他又是個負責任的司機，他不會在行車時玩WeChat，在等候的過程之中受盡等待的煎熬，一落客之後他便會把車停好，才聽瑪嘉烈的信息。

漸漸大衛發覺他開始喜歡用 WeChat 了，他會告訴瑪嘉烈他正在吃豆腐火腩飯，剛才接了一個有臭狐的乘客，諸如此類的瑣事，但瑪嘉烈不再像以前般以九秒九的速度回應，瑪嘉烈並不是對大衛冷淡了，而是她開始玩厭了 WeChat。

當大衛習慣了用 WeChat 的時候，瑪嘉烈又轉投 LINE 的懷抱，因為她喜歡 LINE 那隻熊人 Brown。

大衛真是摸不透瑪嘉烈的心態，通訊軟件每個都一樣，都是用來傳遞信息，又不是時裝，為甚麼要趕潮流呢？戀人需要有一致的步伐，於是他也下載了 LINE，在 LINE 的生態裏，他發現瑪嘉烈只會發出 icon，就算大衛的信息是文字，瑪嘉烈都是以 icon 回應，說一句晚安也可以大大話話有十多款，不能否認那些圖案是頗趣致的。

原來瑪嘉烈沒有忘記WeChat，當她有話要說的時候，忽然又會傳來一兩句說話，當她只想用文字溝通，便會用WhatsApp。至於字、圖、音的用量怎分配則說不定。

於是乎，大衛為了瑪嘉烈的信息不被打擾及能在行車時第一時間收到，他在駕駛盤前放了兩部電話，其中一部是瑪嘉烈專線，專為WhatsApp、WeChat和LINE而設。

別人以為他加入了八折黨，實情大衛只是有個觸摸不定的女朋友。

第一次

情侶總有很多的第一次，第一次看電影、第一次旅行、第一次上牀和第一次吵架。

大衛有時候都會幻想，究竟他第一次和瑪嘉烈吵架會是為了甚麼呢？因為突然爽約？因為遲到？因為忘了紀念日？大抵所有情侶吵架的原因都是如此這般無聊，瑪嘉烈和大衛也一樣，想不到會是更無聊。

這晚，一如以往的平常夜，瑪嘉烈臨睡之前都會翻翻雜誌，大衛則拿着遙控器不停地轉台，有時候他根本不是在看，他只是想拿着遙控器轉台，滿足控制大局的慾望。

瑪嘉烈翻着雜誌，隨意地問了大衛一個問題：「如果你的情人出軌，你會原諒她嗎？」大衛想也不想便答「會。」「那麼，如果你的情人背叛了你，之後又要求復合，你願意嗎？」大衛想也不想，答了「願意」；「如果你發現情人出了軌，你會揭穿她嗎？」大衛想也不想，答了「不會。」

瑪嘉烈聽到大衛的三個答案，覺得十分不滿，她的邏輯是，那麼輕易原諒你的情人，即是代表你也是一個隨便的人，不揭穿她，即是你自己也會隱瞞。

大衛眼前的瑪嘉烈忽然有點丁蟹feel，這是個甚麼道理呢？原諒一個人犯罪，不代表自己會犯罪嘛。

瑪嘉烈十分堅決地說，不能，一次不忠也容不下。

大衛反駁，如果一次不忠也容不下，只是證明對他的愛不夠，你還是愛自己多一點；因為愛一個人就是要愛到底，所以要原諒他，不會那麼容易放棄，況且意亂情迷是很難解釋的，一次的錯誤，為甚麼不可以被原諒？

瑪嘉烈死咬不放說，如果夠愛一個人便根本不會行差踏錯，你可以接受對方有這個犯錯的機會，即是你自己也把承諾看得很輕，你自己也會預留這個犯錯的quota。

大衛真是O晒嘴，哎呀瑪嘉烈，都說我原諒扒手，不代表我嚮往做扒手，大衛也不自覺提高聲浪。瑪嘉烈一言不發，她把雜誌丟在牀上便走出了房間。

發脾氣？不是吧？

大衛也沒好氣，他拿起剛才瑪嘉烈丟下的雜誌，看到瑪嘉烈剛翻到的那一頁。那是一個心理測驗，題目是：你會出軌嗎？原來剛才瑪嘉烈在和他做心理測驗。

大衛真是痛恨那些亂作心理測驗的人，真的不負責任，為了這個無聊的心理測驗，白白浪費了他們吵嘴的第一次。大衛還憧憬着他和瑪嘉烈第一次吵架的原因會比較有深度，例如美國應否出兵伊拉克、耶穌有沒有反對同性戀、吃屎味的咖喱，還是咖喱味的屎，統統比這些無聊心理測驗有討論價值。

想深一層，至少他現在知道，和瑪嘉烈這段關係中，他不可以出軌，而瑪嘉烈則有一次機會，也算公平吧，女人當然要讓。

大衛走出客廳，去找瑪嘉烈。

寫不寫

大衛最近置了業，對大部份香港人來說，這才是真正的人生大事，應該很高興才對，但實情是大衛的真正煩惱才開始。

那一天和瑪嘉烈去酒樓吃點心，瑪嘉烈一邊把蝦餃放入口，一邊皺着眉看周刊，大衛好奇一看，她正在看八掛新聞，好像說陳豪買了幾千萬的豪宅，樓契有陳茵媺的名字。

大衛立時有一刻心虛，因為他新買的物業只寫自己的名字，大衛還沒有想通，究竟那新物業應否加瑪嘉烈的名字？

大衛和第一個女友一起時，一開始便認定了對方為結婚對象，幾年下來儲夠了首期，買了一個物業，也自覺理所當然地把女朋友的名字加進了樓契。結果，結婚不成，分手時對方更覺得她應該擁有一半業權，於是要求大衛賣樓，然後拿了一半錢；大衛那時候才明白為甚麼有人要簽婚前協議，他就如傻佬一樣，被人拿走了半層樓。

所以，今次大衛置業他沒有，或者應該説還沒有提出把瑪嘉烈的名字加入樓契。除了是因為上一次的不愉快經驗，另一個原因是因為這物業又不是甚麼豪宅，如果那是一間沙灘屋，有前後花園，反而他會更願意加入瑪嘉烈的名字，至少他肯定瑪嘉烈會喜歡；但一個區區幾百呎，還不是在港島區中心的物業 大衛也不打算自住，只視作投資，這樣的豆腐膶也珍而重之的兩個人聯名，好像有點小題大做得寒酸。

但是，瑪嘉烈看着陳豪那單新聞，會不會聯想到自己是陳茵媺呢？他和瑪嘉烈雖然在戀愛中，但還未到要結婚的階段，忽然提出和她共同擁有物業，又好像太唐突，瑪嘉烈似乎是很容易給嚇跑那類型。

不過，和女人相處久了，大衛學曉一個伎倆，就是「唔買都睇吓」、「唔睇都問吓」，即是凡事都要先問問對方的意願，寧願對方拒絕你，你不問就是你不把她放在第一位。

大衛陷入了一個兩難的局面，他決定還是問問瑪嘉烈的意願吧，怎麼措詞好呢？

「加你的名好不好？」「你想不想加你的名？」「你喜不喜歡那層樓？」

這天，他又和瑪嘉烈飲早茶，瑪嘉烈一邊吃蝦餃一邊在看報紙，他準備好台詞，正要開口，瑪嘉烈把報紙遞給大衛，問他：「你買了這裏嗎？」

大衛一看，天呀！李氏力場今次站在他這邊，他的煩惱一下子沒有了，實在太神了！

大衛買的正正是酒店分拆出來的〈雍澄軒〉呢。

疑惑你

瑪嘉烈久不久便喜歡到大衛的家借宿一宵，而且是沒有事前通知，只是在和大衛見面時忽然提出，來個突襲。

這不知道算不算是瑪嘉烈的壞習慣，這邊廂投入了一段感情，那邊廂又會有一陣不安全感不知從哪裏湧出來，是不由自主、控制不到的，似乎愈喜歡那個人，就會產生愈大的疑心。

每次她忽然提出要上大衛的家，她都分不清楚究竟她是真的想和大衛有些共處一室的時光，還是想突擊檢查；而每一次瑪嘉烈都有留意大衛的臉色有沒有變化，大衛都是氣定神閒，只是偶然警告一句：「我未收衫。」

到了大衛家，她第一時間會先去廚房，看看洗碗盆有沒有未洗的餐具兩套，又或者是兩隻杯，諸如此類；然後就到洗手間看看廁板如何放，瑪嘉烈留意到，廁板一直都是蓋着的。

今晚和大衛吃過晚飯之後，瑪嘉烈又提議到大衛家中小敍，這次她只是想和大衛一起看一下電視。

大衛喜歡在客廳開着一盞小燈，一入屋不會漆黑一片。

瑪嘉烈一踏入大衛的家便看到窗台上有一隻用過的酒杯，大衛不喜歡喝酒，他喜歡品酒，一杯起兩杯止那種，準是昨晚又品酒了。

瑪嘉烈忽然想看《甜蜜蜜》，這套電影她看過很多次，不過沒有和大衛一起看過。《甜蜜蜜》上映的時候是瑪嘉烈最喜歡黎明的時候，她就是喜歡那些男生傻戇戇的樣子，因為這套電影還繼續迷了黎明好一陣子。

大衛倒了一杯白酒給瑪嘉烈，然後他們便開始看《甜蜜蜜》。看到曾志偉背上紋了那隻米奇老鼠，瑪嘉烈又要哭了，她想叫大衛拿紙巾的時候，發現大衛睡着了，瑪嘉烈見自己那杯白酒喝光了便走進廚房添飲。

正當瑪嘉烈倒酒的時候，她瞥見了洗碗盆有另一隻用過的酒杯，瑪嘉烈有一點疑惑，她那疑心又湧上來了，她拿起那酒杯放在燈光底下，她在找尋唇印，那是一隻「乾淨」的酒杯；瑪嘉烈放低了那酒杯，但她的疑慮還沒有消除。

拿着酒回到客廳的時候，大衛醒了，他看見瑪嘉烈手上的酒杯便問她，這酒是新的嗎？剛才你喝的是Chardonnay，如果倒了的是Sauvignon Blanc的話便要換杯，不同酒最好別用同一隻杯。

甚麼？這裏是酒店嗎？瑪嘉烈真不知道大衛品酒是品得那麼講究的，在家中輕嘗也這麼嚴謹。即是說，大衛昨晚飲了兩款酒，所以窗台有一隻杯，廚房有另一隻杯，是這樣的嗎？有這麼講究的的士司機嗎？

瑪嘉烈沒那麼好氣，呷一口酒，繼續看她的《甜蜜蜜》。

六合彩

大衛很少到投注站，因為他不賭馬、不賭波，只是偶然買一下六合彩。甚麼時候買呢？和一般市民一樣，就是有金多寶或巨額累積獎金時買，但他又不是特別渴望中獎，尤其是看見梁思浩中了幾次六合彩，他就知道自己其實沒有資格中獎，當湊湊熱鬧吧。

馬會安排金多寶舉行的日子也夠精奇，大衛想不通為何會有暑期金多寶，是為老師及學生而設嗎？為甚麼沒有李小龍逝世四十周年金多寶呢？情人節也沒有金多寶，情人節不喜慶嗎？

大衛買六合彩的數字組合是很老土的，都是自己的歲數加情人的生日日期，或者相識紀念日的數字，總之那六個數字就是和當時的戀人有關的。除了老土之外，大衛也當夾八字，毋須中頭獎，六個字中三個字也當夾。

這天和瑪嘉烈路過投注站，看到暑期金多寶的累積獎金是七千八百萬，這是和瑪嘉烈一起之後的第一次金多寶，大衛不會放過這個夾八字的機會，於是便提議不如去買一張彩票。

入到投注站，排隊的人不多，大衛拿了彩票預備填寫，但見瑪嘉烈四處張望，像找尋甚麼似的。瑪嘉烈告訴大衛，這是她第一次入投注站。甚麼？未入過投注站？實在太難以置信，一個從未買過六合彩的人，在香港究竟有幾多呢？

大衛覺得匪夷所思，但也保持鎮定，如輔導員一樣教瑪嘉烈如何填那張六合彩彩票。

想不到買一張六合彩可以有那麼多問題，「畫多少個號碼？」「六合彩應該是六個字。」「有四欄，統統要畫嗎？」「你喜歡，十元一注。」「十元？那麼貴？」「魚蛋也賣九元，十元買個希望，算便宜。」「中了怎麼領獎？」「中了才算吧。」「甚麼叫一注？」「這裏四欄，買一欄，就是一注。」「為甚麼會有半注中？」「可以買七個字嗎？」，瑪嘉烈似乎愈問愈興奮。

擾攘了半天，瑪嘉烈終於買了人生中第一張六合彩。

離開櫃枱之後，瑪嘉烈把彩票交給大衛，叫他保管。大衛不經意地看到瑪嘉烈買的其中一注和自己買的一模一樣，就是有自己和瑪嘉烈的年齡和出生月日，大衛的心甜了一下。只有心裏有這個人才會用關於他的數字去買六合彩，大衛相信很多人也是這樣想的，但遇上了還是頭一趟。

這張彩票真的有紀念價值。咦，那麼假如兩注中頭獎的話，就要和瑪嘉烈分一半？

大衛甚麼也願意和瑪嘉烈分一半，除了煩惱，況且有瑪嘉烈，他自覺已中了頭獎，不，是巨獎。

迷你迷

大衛和一般男人真的有點不同，他看足球比賽時從來不會激動，一般男人看着有進球的機會，十畫還未有一撇便已經起哄，但大衛只是做一個冷靜的旁觀者，緊張時只是會深呼吸，小腿不隨意的抽搐一下已是最沸騰的表現。

瑪嘉烈曾問大衛最喜歡的球隊是哪一隊，他的答案是麥馬拿文，不是韋根那一個，是利物浦的那個。大衛最喜歡的是有麥馬拿文的利物浦，自從麥馬拿文離開了利物浦之後，大衛再也不是利物浦的球迷，球賽看不看也沒有所謂，哪一隊勝出也不要緊，懷着這樣的心情，自然也不會太投入，不投入自然也不會激動。

瑪嘉烈不算是球迷，只算是巴西迷。由羅馬里奧開始，她便迷上了巴西隊，不要以為奧雲是最矮的前鋒，羅馬里奧比他還矮一吋。一個身高只有五呎七吋的足球員，瑪嘉烈覺得羅馬里奧很迷人；看着他帶球領進，左穿右插，人矮重心低，反而靈巧。瑪嘉烈最怕德國隊那些高佬，笨拙非常，足球是用腳踢的，不是比頭攋。

因為羅馬里奧，瑪嘉烈一直都喜歡巴西隊，所以她不明白為甚麼麥馬拿文離隊之後，大衛便不支持利物浦。

今晚電視直播巴西對烏拉圭，瑪嘉烈想大衛陪她一起看。瑪嘉烈買了啤酒、薯片、花生、杯麵，她不是特別想吃，只是覺得睇波就要預備這些，正如有些人一聽見颱風來便要去買豆豉鯪魚一樣。

球賽開始的時間是淩晨三時，大衛看來還精神奕奕，有些人約他看電影也好，看演唱會也好，總像吃了安眠藥般，轉頭便呼呼大睡，還抱怨人家的表演沉悶，掃興得不得了，難得大衛興致勃勃，還開了一包薯片來吃。

當科蘭射失十二碼那一刻，大衛高呼了一聲，瑪嘉烈看着大衛，為甚麼他那麼投入的呢？烏拉圭追成一比一的時候，大衛很大聲的說：「頂！」；到巴西射入勝利的一球，大衛高興得跳起來，瑪嘉烈從來沒有見過那麼亢奮的大衛。

「你甚麼時候成了巴西球迷？」

「我沒有，你是巴西迷，我只是支持你所支持的。」

大衛還說不如他們明年去巴西看世界盃，順道去南美旅行。

「去南美？很熱的，球賽又多人，你不怕嗎？」瑪嘉烈覺得大衛一定是食錯藥。

「熱……是熱一點，不過還可以啦，你喜歡巴西嘛，現場看他們捧盃一定很神的。」

哦，大衛那麼窩心嗎？

「那……如果我支持CY，你支不支持？」瑪嘉烈故意挑釁。

大衛給了瑪嘉烈一個斜視的眼神。

有過去

女人都有把自己打扮成聖誕樹的本能，她們勇於、樂於將不同的飾物掛上身，設計師也樂於奉陪，手扣、皮鞭、汽水蓋、果皮，想得到的都可以製成飾物，百貨百客。

瑪嘉烈卻沒有這種本能。初初認識瑪嘉烈的時候，大衛留意到她的頸上戴了一條很幼的銀色項鏈，掛着一個比尾指還要細的橢圓形吊墜。其後，大衛留意到瑪嘉烈無論作任何打扮，她也不會除下這條項鏈，這明顯不是時裝的一部分，那是身體的一部分。

大衛不肯定這是一條有甚麼特別意思的項鏈，以瑪嘉烈那種不喜愛打扮的程度，絕對也有理由相信只是因為懶惰，所以一掛上了，如無意外，便不想換掉。

不過，「這可能是一件十分有紀念價值的手信」這個想法，一直在大衛的腦海裏盤旋，一看到瑪嘉烈的頸項就會幻想那是誰送給她的手信，精神十分不能集中。

大衛需要找到答案。

要找出答案，最簡單的方法就是發問，但是問「誰送給你的」這類問題好奇得幼稚，也好像太明顯地探聽瑪嘉烈的私隱，大衛永遠都喜歡採取旁敲側擊的方式。

於是，他計劃好約瑪嘉烈去逛崇光百貨，然後裝作不經意，行經店內的首飾專櫃，然後借故停下來看看，「啊，這條頸鏈也不錯！」「你喜歡戴頸鏈嗎？不覺得纏着不舒服嗎？」「你這條是純銀的嗎？」「銀器難不難打理？」。

大衛希望問完這一些問題之後，瑪嘉烈會自行告訴大衛「噢，這是媽媽送給我的。」「公司抽獎抽回來的。」「忘了在哪裏買的。」總之會披露一下這條項鏈的身世。

如果也問不出個所以來，大衛的下一步就會買一條項鏈給瑪嘉烈。「這款式很適合你。」「這設計很簡約，很像你。」她不肯換，便幫她換，這是很紳士的做法。

大衛在崇光門口等瑪嘉烈，心情十分緊張，想着如何裝作很自然地行經飾物部。

崇光對出的那條馬路，時刻也十分繁忙，等過馬路的人都如餓鬼，看着交通燈虎視眈眈，綠燈一開，即如猛鬼出籠；在一輪猛鬼湧出之後，大衛看到瑪嘉烈施施然的在綠燈閃着最後一下的時候來到面前。

今天的瑪嘉烈又束了一條馬尾，露出她修長的頸項，和平日不同的地方是，那條項鏈消失了。

這一下可打亂了大衛的陣腳。

大衛看到瑪嘉烈光溜溜的頸項，忽然覺得自己想得太多。無論那項鏈是否一件有紀念價值的手信，重要的是瑪嘉烈現在在他身邊，這已是最重要的事。

況且，人總有過去，美女有更加多的過去，為甚麼要那麼介懷？如果有些回憶是洗不掉的話，就讓它繼續存在，有過去的瑪嘉烈，才有現在的瑪嘉烈。

喜歡一個人大抵就是要接受過去，擁抱現在，才會有未來。

大衛拖着瑪嘉烈往地庫的超級市場進發。

大衛不想接受這個事實，瑪嘉烈告訴他，她要去旅行。

去旅行有甚麼難接受呢？問題是，瑪嘉烈不是和他去旅行，是和一班朋友去；那麼和朋友去旅行，有甚麼難接受呢？因為大衛和瑪嘉烈還未去過旅行。

大衛的感覺如新婚那張牀，他還沒有跟瑪嘉烈一起睡過，瑪嘉烈先和其他人一起睡；大衛知道這種感覺可能有點誇張，但又的確是他的感覺。

去旅行其實沒甚麼重要，但那是一段關係的一個里程碑，瑪嘉烈答應朋友的時候有沒有想到這點，有否想過先問問他的意見呢？

瑪嘉烈要和朋友去那些甚麼小島的度假屋，那些朋友就是那些遊船河和卡拉OK的港男港女，十分縱慾的衣冠禽獸類，大衛不明白為甚麼瑪嘉烈會經常參與他們的活動，一大班人追追逐逐吃吃喝喝胡胡鬧鬧攪攪錫錫，過分！

但是，大衛又不會叫瑪嘉烈不要去，他還未至於那麼不識趣，既然沒有想到他，自己先不要露出尾巴。

瑪嘉烈甚至也沒有考慮過邀請大衛加入這個旅行團。大衛對於和那些衣冠禽獸一起縱慾沒有興趣，就算瑪嘉烈邀請他，他也會斷然拒絕；但他只想瑪嘉烈會問一句，應酬形式的問一句都好。

在一段關係中要顧及情人的感受真的那麼難嗎？大衛有時會很討厭戀上一個人的感覺，每次都覺得很墮落。大衛就是經常會站在對方位置看過來，處處想着對方，於是看到的多數是「只許州官放火 不許百姓點燈」。她可以做的，並不代表你可以做，她可以和舊情人見面，她可以通宵達旦，她可以和別人去旅行，她可以不代表你可以。

天啊！世界為甚麼這樣不公平，愛不能平等一點嗎？瑪嘉烈要去旅行這件事令大衛十分焦躁。大衛不斷告訴自己小事一則小事一則，然後他發覺他的內心一邊嬲怒，但心底卻想着瑪嘉烈去這趟旅行需要準備甚麼，他實在覺得自己太不爭氣。

瑪嘉烈回家的時候，拿着大包小包，她為這趟旅行買了新的泳裝，是幾套不同顏色的泳裝。

「你覺得哪隻顏色最好？」瑪嘉烈逐套拿出來比劃。

「不穿最好。」「甚麼？」「沒甚麼，都是紅、粉紅、粉橙，沒有分別。」

「你喜歡呢？」「又不是我穿，你喜歡就好。」「你要看嘛，你也是用家。」

「在家穿嗎？」「神經病，你不跟我一起去巴閉島嗎？」

大衛瞄了瑪嘉烈一眼，她的神色十分自若。

「不去。」大衛脫口而出。「真的不去？」瑪嘉烈再問。

瑪嘉烈將那套 shocking pink 的三點式泳衣拼在身上，向大衛露出勝利的眼神。

大衛知道自己實在逃不了，唯有覺得自己是英雄，故此難過美人關。

忘記了

有些人總喜歡測試伴侶的記憶力來證明那段關係的重要性，經常會問情人：「我們第一次看的電影是甚麼？」「去年我們在哪裏慶祝紀念日？」「第一次約會我穿甚麼顏色的上衣？」

大衛不會這樣做，因為一定不得要領，瑪嘉烈記性之差超乎常人，大衛甚至懷疑過瑪嘉烈是否有腦退化症的跡象。簡單如星期三告訴她星期五晚飯的時間和地點，到了星期五，瑪嘉烈還是會再問，而星期三至星期五期間已經問過五至八次。

瑪嘉烈送過給大衛的禮物不算多，有一次她看到大衛穿了彩虹七色的襪子，她問大衛是在哪裏買的，大衛沒好氣的告訴瑪嘉烈那是她去孟加拉公幹時買給他的手信；瑪嘉烈還報以不相信的眼神。

一個正常人的記性怎麼可以這樣差？

情侶之間談及過去是一件平常事，大衛並不是有心去翻瑪嘉烈的情史，畢竟有些人對過去十分忌諱，不想觸及。大衛有問過瑪嘉烈拍過多少次拖這類問題，但瑪嘉烈就是說「記不起」，大衛也無謂多問。只是有時聊起天來，大衛還是會問：「你第一次分手的原因是甚麼？」「吵架又是為了甚麼？」諸如此類的無聊問題，瑪嘉烈的答案都是「忘記了」。

真的忘記了，還是裝作忘記了呢？總之就是不得要領。

大衛漸漸發覺瑪嘉烈的記性差不是裝出來的，有時候瑪嘉烈會重複她說過的事件，例如哪裏遇過一個經典無禮的侍應，朋友家的七隻貓，行山時見過的黃色斑點蝴蝶；當每次再觸及侍應、花貓、蝴蝶這三個話題的時候，瑪嘉烈也會再說這三個例子，難得每次說起還像第一次提及一樣，說得眉飛色舞，而這只是其中三個例子而已。

瑪嘉烈每次重複，大衛也給予驚奇、詫異、好奇的反應；與其告訴瑪嘉烈她已說過，她還是會忘記，倒不如配合她，和她一起玩這個失憶遊戲。

再過幾天便是大衛的生日，瑪嘉烈一早說好和大衛一起慶祝，愈臨近生日的日子，大衛愈忐忑，瑪嘉烈會不會忘記了呢？怎麼說也是早幾星期前約好的，以瑪嘉烈的記性，忘了也不為奇，生日要聽《零時十分》便不好了。於是，大衛唯有硬着頭皮問瑪嘉烈「你記得約了我生日那天吃飯嗎？」。

瑪嘉烈報以一個奇怪的眼神，恍如大衛的頭頂長出了鹿角，大衛暗嘆不妙……

「你神經病的嗎？當然記得啦！」瑪嘉烈很大的反應。

也許人的記憶體有限，不快樂的刪除，不值得的刪除，不愛你的刪除，對你不好的刪除，忘記你的刪除。

記得要記得的，忘掉應忘掉的，這可能是瑪嘉烈的智慧錦囊，大衛似乎要學習一下，記得瑪嘉烈記得他，忘記瑪嘉烈忘記他。

紀念日

瑪嘉烈和大衛這一陣子比較少見面，情侶之間總有些時候需要稍息一下，尤其對瑪嘉烈來說，她對大衛仍然飄忽不定，每每走得太近之後，又想退開一步，大抵忽冷忽熱都是女人的天性。

瑪嘉烈其實不止對大衛是這樣的，這是她在一段關係中的慣性循環，無一幸免。有些情人在這個情況之下已經滿肚疑團，逼着要瑪嘉烈見面，逼着要她解釋為甚麼熱情冷卻了？她在想甚麼？他有甚麼問題？於是乎有些感情就是在這階段完了，瑪嘉烈不喜歡答問題，而且是一些沒有答案的問題。

戀愛沒有必然的路線圖，不一定直通終點，不一定不需停站，瑪嘉烈的戀愛步伐其實一直也沒有變過，只不過她還沒有遇上一個可以和她步伐一致的人。

有前度問過瑪嘉烈，為甚麼一定要別人跟隨她的步伐？她不可以遷就一下嗎？之所以那人成為前度就是因為他不了解瑪嘉烈。在瑪嘉烈心目中，一段感情沒有誰跟着誰的步伐這回事，是注定一起的話，兩個人自會有相同的步伐；又或者如果夠愛那個人的話，遷就了也不覺得那是遷就，那叫配合。瑪嘉烈知道這是一個很理想的想法，這可能是她仍然在愛路浮沉的原因，但她仍然相信自己的想法。

在這一陣冷落了大衛的日子，他們仍然每日在電子通訊系統上聯絡，聊一兩句、三四句日常點滴，大衛沒有表示特別的不安，這是最重要的。

今早，大衛傳來一個信息：「今個星期五有空晚飯嗎？」瑪嘉烈猶豫了一下，她怕那是一個答問會，瑪嘉烈最怕有壓力，一遇壓力，她會彈得更遠，最好大衛不是有一大堆疑團需要她去解答。

大衛約瑪嘉烈去一家中菜館子，點了蒸魚、炒菜、蒸肉餅，還有例湯。他們吃着、聊着，感覺很自然。

大衛扒着飯，忽爾問了瑪嘉烈一句：「知道今天是甚麼日子嗎？」這下可考起瑪嘉烈，又不是大家生日，不是元宵，也不是拍拖周年紀念日，那是甚麼日子？

瑪嘉烈一臉疑慮，十分茫然，大衛裝作沒好氣的，他告訴瑪嘉烈去年今天她第一次坐他的車，那是他們的偶遇紀念日，所以今天慶祝。

「還有，我們已經沒見四天，是十二個秋天，十二年了，你一點也沒有變老，是不是更應該啤一啤？」大衛說。

究竟去年的今天瑪嘉烈是不是真的第一次坐大衛的車呢？這其實不重要，是事實的話，大衛真的細心，是編出來的話更加有心思。

瑪嘉烈好喜歡大衛，她點了一雙啤酒。

睡不來

大衛很佩服有些人可以一覺睡到天荒地老，打雷打不醒，打他也打不醒，大衛就是沒有這種能耐。曾經大衛的舊居鄰近山路，一到深夜跑車就會出動，引擎聲每每能吵醒大衛，他便從引擎車聲去猜那是法拉利、林寶堅尼還是的士，每每都能猜中，他就是能夠苦中作樂。

大衛和瑪嘉烈同居了一段日子，每逢瑪嘉烈晚上要外出，大衛都睡不着，他一定要等到瑪嘉烈回家才安心。有甚麼不安心呢？除了因為安全問題，最令大衛擔心的是瑪嘉烈很喜歡笑，尤其是喝了酒之後，愛笑也會笑的女人在派對特別受歡迎。雖然，大衛每次都知道瑪嘉烈跟誰出去，去哪裏，但這不會令大衛安心，他知道喜歡一個人會有甚麼行為，所以他會知道瑪嘉烈身邊有沒有人喜歡她。

好像這個瑪嘉烈的同事B，但凡瑪嘉烈在社交網絡上有甚麼動靜，他也例必第一時間給反應，或留言，或給瑪嘉烈一個LIKE。瑪嘉烈曾介紹這同事給大衛認識，是很喜歡講爛gag的粉臉，說不上三句便哈哈哈的大笑，他前世一定是哭死的，瑪嘉烈身邊就是有很多這類型的閒人。

在等瑪嘉烈回家的過程，大衛會經常查看瑪嘉烈在WhatsApp的最後上線時間，有時會走出露台看看，有時候看到有計程車到達，便會加倍留神，看看是否瑪嘉烈，大衛都覺得自己有點神經質。

聽到鎖匙聲，大衛便會回到牀上裝作熟睡，他不知道如果瑪嘉烈知道他每次都在等她時，她會感動還是覺得煩厭，都是裝睡比較好，寧願她少一次感動，好過她多一次覺得有壓力，兩個人相處就是不要令對方有壓力。

瑪嘉烈一回家就立即走進浴室，大衛説過多少次，喝醉洗澡是一個高危活動，但瑪嘉烈就是記不上心，所以大衛由聽到瑪嘉烈走進浴室開始就一直留心裏面的動靜，直到裏面傳出風筒聲音。

有時候，瑪嘉烈喝得酩酊大醉還會去煮消夜，大衛嗅到廚房傳出的香味，又會裝作剛睡醒，睡眼惺忪的走出去，跟瑪嘉烈一起煮公仔麵，然後一起吃。趣致的是，瑪嘉烈到第二朝醒來時，根本不記得自己煮過和吃過消夜。

大衛其實很想知道每一次瑪嘉烈在外面喝醉的時候有沒有抱過誰、吻過誰。不過，其實都不重要，那些給吻過的抱過的都如那些不會被記起的消夜一樣，不曾存在過。

今晚瑪嘉烈沒有煮麵，她洗完澡後直接跳上牀，緊緊的擁着大衛，大衛最喜歡這種被緊緊抱着的感覺。

瑪嘉烈的手提電話震了一下，準又是那些閒人甲乙丙在殷殷問候道晚安，由他們吧，女朋友長得標致就是有這些問題。

Happy Problem.

看電影

大衛接載乘客時，非常喜歡聽他們的對話，人生百態是最佳的娛樂，比起聽電台有趣得多。大衛從ＩＦＣ的士站接載了一對男女，他們剛看完電影，女的一上車便埋怨那個男的為甚麼揀這麼一部這麼難明的電影。

他以為定是《一路向西》或者《北京遇上西雅圖》之流，聽着聽着原來他們剛看完《大亨小傳》。大衛從倒後鏡看看那個女的，在車廂內還架着一副太陽眼鏡，鮮紅色的嘴唇，喋喋不休，先怪電影的中文譯名改得不好，這等於問《基度山恩仇記》，為甚麼叫《基度山恩仇記》一樣，然後說對白艱深，看不明白；那個男的又好耐性，只是微笑着的附和一兩句。

大衛廿多歲時已經看過《大亨小傳》的小說，為甚麼會看，大概是因為那本小說很薄，很快可以看完，看完之後印象非常深刻，劇中的主角蓋茨比很可憐，窮一生的力量去追尋不屬於自己的愛情，他做所有的一切都是為了他愛的人，他以為極盡奢華就可以把情人贏回來，他以為有錢就可以把過去重現，真是一個大傻瓜。

大衛想，不知道瑪嘉烈會不會喜歡這部電影，如果她如這位女乘客一樣，看得不明不白，那怎麼辨好呢？大衛看着那個女乘客，忽然想起，瑪嘉烈從來不戴太陽眼鏡，就算坐在前座，太陽曬着她，她只是瞇着眼拉下太陽擋，難道她真的那麼喜歡曬太陽？在這個城市，不戴太陽眼鏡的女子真的很少，太陽眼鏡又時尚又可以遮太陽防雀斑，瑪嘉烈真是特別，大衛又想到瑪嘉烈；有時候他但願能夠少想一點瑪嘉烈，太愛一個人會把自己放在一個危險的位置。

這幾天他故意和瑪嘉烈減少聯絡，他不是玩心理遊戲，他只想調節自己的心理，也順便看看瑪嘉烈有甚麼反應。戀愛真的很麻煩，又要以退為進，又要欲擒先縱，簡單一點不可以嗎？

到達目的地了，大衛把車停下，男的付款，然後他落車再走往車的另一邊替女的開車門。大衛心想這男的要不要那麼周到？然後大衛看到那女的下車時步履有點蹣跚，男的要伸手扶着她，把她的手伸進自己的臂彎，還提醒道路上哪裏有石級，要小心一點。

從倒後鏡看到他們慢慢離去，大衛決定約瑪嘉烈去看《大亨小傳》。
還能一起看電影，然後你一句我一句的討論，是件幸福的事。

第六章

戀愛這回事

如抽生死籌

都是各安天命的

舊照片

大衛不喜歡拍照，也覺得看別人的照片是一件很悶的事情，可能是因為小時候每次到親戚家中拜年，親戚總喜歡拿出相簿出來娛賓。人大了，去朋友的新居入伙聚會，十次有八次主人家都是拿出他們的結婚相、旅行相出來供客人傳閱，又不是龍虎豹創刊號，有甚麼好看？為甚麼要逼客人看自己的相片呢？每次都被逼要裝作有興趣，發問一下問題、讚美一下，這裏好玩嗎？你們很有夫妻相哦，都不知誰娛樂誰。

大衛最怕分享以前的相片，尤其是青春期的，每個人的青春期除了青春之外，外貌都是醜陋的，男的都像賊，皮膚黑黑，有唇毛，髮腳參差不齊；女的要不營養不良，要不就是癡肥，他才不要被瑪嘉烈看到他的一副賊相。

但是，情侶之間的活動基本上都是一個譜模，也是一個循環，和任何人一起都必定做那幾項事情，例如最初交換大家最喜歡的電影、歌手，到了某段時間便是交換過去，通常都少不了翻開舊相簿這個環節。

大衛有想過，若果瑪嘉烈要求交換照片，看看大家的成長歷程，大衛打算撒一個謊，告訴瑪嘉烈家裏曾經火燭，甚麼照片也一次過燒了。

也許，喜歡一個人會有一種好奇心，想知道他的過去，看看他六歲時是甚麼樣子，十六歲又如何，大衛明白，因為他正在翻瑪嘉烈的相簿。

瑪嘉烈的青春期不是癡肥，也沒有營養不良，反而有點像山口百惠，山口百惠被一個不似三蒲友和但有點似田原俊彥的男子從後懷抱着，笑容很青澀，大衛從未見過瑪嘉烈這個笑容，畢竟，有些笑容只會在年輕時才會出現。

這一張是瑪嘉烈站在生日蛋糕前，她一定很討厭這個生日蛋糕，笑得十分牽強，三歲的瑪嘉烈蓄着一個奧米加裝，十分時髦；另一張，真的是三歲定八十，正在堆沙灘堡的瑪嘉烈，穿上波點三點式泳衣，眼神十分倔強。

大衛看着瑪嘉烈的舊照片，惱恨為甚麼到現在才會認識到她，如果可以早一點進入瑪嘉烈的人生那多好，可以認識純情的山口百惠和她一起成長，不過，賊仔應該不會埋到山口百惠的身邊。

大衛繼續翻着翻着，他更加肯定不會讓瑪嘉烈看他的舊相，他日結婚也禁止用兩個人成長的照片製成錄像在現場播放。

瑪嘉烈有一大嗜好就是看電影，不論類型、語言，只要故事吸引便去看，她很喜歡進戲院看電影，黑漆漆的環境才能集中精神地投入。

瑪嘉烈讀書的時候更是每年電影節的捧場客，那時候去電影節是一件十分文藝青年的事情。瑪嘉烈第一套在電影節看的電影是奇斯洛夫斯基的《兩生花》，瑪嘉烈覺得眼界大開，為甚麼可以拍出這個層次的電影，那時候她對自己說，她只會和喜歡奇斯洛夫斯基電影的男生約會。

有很多次瑪嘉烈和想追求他的男生提起奇斯洛夫斯基，大部分人都以為瑪嘉烈說的是奇洛李維斯，原來找個懂得奇斯洛夫斯基的人是那麼難。之後的戀愛，瑪嘉烈再沒有提起奇斯洛夫斯基，這只是瑪嘉烈跟自己開的玩笑。

瑪嘉烈有一個人進戲院的習慣，這個習慣也是始於電影節。話說那一年，她約了一個心儀的男同學去看電影節，她還故意選了一套長四小時的電影，那是《牯嶺街少年殺人事件》。瑪嘉烈在文化中心的大堂期待着他的出現，但就在開場之前，那男同學發了一個信息到瑪嘉烈的傳呼機，說他不來了，沒有說明原因，誰也知道這是拒絕的表現。

瑪嘉烈拿着兩張戲票，有點心有不甘，有點委屈，但票也買了，不看白不看，沒有人陪便不能看電影嗎？瑪嘉烈怎會如此依賴，於是她便一個人進場。

電影節的放映場地都是不設劃位的，瑪嘉烈想坐比較前排的位置，因為人比較少，但這套電影實在是太受歡迎，瑪嘉烈進場時已坐滿了九成觀眾，帶位人員只能為她找到一個貼牆的位置。

瑪嘉烈的心情還沒有平復過來，給人拒絕還是第一次，有點氣憤也有點難過，四小時的電影都沒有看在眼裏，到了電影尾聲看到小四殺了自己的女朋友小明，瑪嘉烈有種莫名的悲哀，便流起淚來，而且一發不可收拾，哆嗦起來。

這時候，鄰座的觀眾給瑪嘉烈送上一包紙巾，那包紙巾已經打開，還已拿出了第一張的一小角，方便瑪嘉烈使用。她淚眼模糊地接過之後，對方便離開了。

瑪嘉烈想起這件事，因為她正在看那個成長了的牯嶺街少年張震有份演出的《一代宗師》。

看到葉問和宮二那段浪費了的緣份，瑪嘉烈又流起淚來，瑪嘉烈一看電影便很容易哭，大衛也見怪不怪，一如以往他為瑪嘉烈送上紙巾。

瑪嘉烈今次留意到，原來大衛每次送上的紙巾都會拿出第一張的一小角。

大衛有沒有看過《牯嶺街少年殺人事件》呢？

運動員

沒有人天生出來便喜歡做運動，瑪嘉烈也一樣，小學的時候最討厭的就是體育課，熱身運動是跑圈，跑完已經累死。所以，小時候瑪嘉烈是一個肥妹，這情況一直持續。

整個學生年代，瑪嘉烈的體型仍然屬於中碼偏向大碼，減肥這個概念還沒有出現，年輕人又怎會有這個念頭？雖然，瑪嘉烈不是窈窕淑女，但也吸引到一些男生約會她，其中瑪嘉烈比較喜歡的是校內一個游泳代表。

兩情相悅的人最喜歡訂立同一目標，以一起達成那個目標來見證他們的愛情。交往了不久，那游泳男便對瑪嘉烈說，他的目標其實是當一個運動員，加入香港游泳代表隊，為香港出戰奧運！他說出這個目標時，瑪嘉烈覺得他頭上有個光環，原來一個男人，一個有目標的男人是這麼吸引的。然後，游泳男更說若果可以和瑪嘉烈一起成為運動員，那有多好。

瑪嘉烈也不知道這是認真還只是戲言，她只知道，原來成為別人未來藍圖的一部分，感覺是那麼窩心。

因為這一句說話，瑪嘉烈便開始減肥，她每天都會去游泳、跑步，運動員需要強健的體魄，他們有時更會相約一起去打打球，想到一起成為運動員這回事，瑪嘉烈便十分興奮。不過，他們的關係發展到一起做運動之後，便再沒有進展。

過了一個暑假，那男生更轉了校，轉校之前他只是跟瑪嘉烈說了一句，我下學期轉校了。

瑪嘉烈沒有太大的失落，可能對他的好感也止於那個運動員宣言。

若干年後，在電視上看到「十大勁歌金曲頒獎禮」，許志安奪得最受歡迎男歌手獎，說出他和鄭秀文的廚房宣言時，瑪嘉烈覺得十分感動，畢竟有些人是可以做到的。

如果當年不是那游泳男給過瑪嘉烈一個虛幻的承諾，也發掘不到她對運動的興趣，也許瑪嘉烈到現在還是肥妹仔一名。

瑪嘉烈的體重由當時直到現在也維持在一個十分標準的磅數，運動類型愈做愈多，游泳、跑步、打羽毛球、泰拳，沒有其他原因，她只是單純的喜愛做運動，而她也深信，所有人都希望他們的女朋友是纖瘦的。

但是，認識了大衛之後，動搖了她這個概念，因為大衛經常都有意無意地叫瑪嘉烈不要太瘦。瑪嘉烈是不會理會大衛的，有些人是為了綁着身邊的人，而故意令他們增磅，好讓他們飛不走，瑪嘉烈沒那麼笨；反之，大衛最近增了磅，有肚腩了。

看着大衛的肚腩，瑪嘉烈有種成竹在胸的滿足感。

救生員

現在談談為甚麼大衛不喜歡曬太陽。

學生時代，很多人都做過各式各樣的暑期工，大衛也不例外，他做過影視店營業員，負責租貸錄影帶，那個夏天他看了很多免費電影；也做過花店，負責送花，為很多女性帶來過快樂，但沒有比這一份暑期工來得無聊，就是救生員。

原本這份工是一位舊同學的，但他卻忽然得了盲腸炎，便匆匆忙忙找來大衛頂替。

救生員，在沙灘駐守的救生員，每天的工作就是在那瞭望台呆坐，拿着望遠鏡看着水裏的泳客有沒有異樣。夏天的泳灘，從早到晚都擠滿人，但沒有因為泳客多了而加重大衛的工作負擔，他只是如常，拿着一副望遠鏡，望着差不多的位置。

有時候他會走落瞭望台，在沙灘上巡邏，那個夏天，天氣熱得很，大衛十分不習慣這種天氣，因為他學游泳只是為了日後遇上海難時能夠保命，完全不是因為喜歡水上活動，在沙灘上暴曬更是一件苦差。

想着都不過是頂替三兩星期，大衛不如苦中作樂，就是盡量多看沙灘上的少女。別忘了，當時大衛還是一個血氣方剛的小子，喜歡看少女是一件十分正常的事，而少女喜歡兜搭救生員也是人之常情。

只需幾天，大衛已有了幾個「熟客」，經常有幾位比堅尼少女過來找大衛聊天，她們對救生員都充滿遐想。有一天，幾位少女拉着大衛要他一起和她們打沙灘排球，人生有幾多次機會可以被青春可人兒邀請打排球？既然消防員可以在消防局內打籃球，救生員都應該可以在沙灘打排球，大衛當然義不容辭。

烈日當空之下，大衛周旋在美少女球來球往之間，就在抬頭預備扣殺的一刻，大衛忽然一下金星亂冒，眼前一黑。救生員中暑被送往急救站這件事很少發生，自然引來途人圍觀，在暈得一陣陣、迷迷糊糊當中，大衛像是聽到了少女們的嘲笑聲……

這就是大衛不喜歡曬太陽的原因，尤其和喜歡的人一起時，他害怕自己又會中暑。

今天是入夏後第一個晴天的周末，瑪嘉烈一早便要求到沙灘曬太陽，大衛怎會推搪？都説戀愛的時候就算做平時最討厭的活動也是樂事。

看着瑪嘉烈躺在身邊，毛孔蒸發出汗水，十分舒坦，大衛覺得是值得的。

大衛拿起一支寶礦力一飲而盡，他要補充身體失去水分，然後在心裏説：

「不要中暑、不要中暑、不要中暑……」

日用品

能夠令到瑪嘉烈肯花時間和心思去磨蹭的只有家品部。

那些砂煲罌罉、杯盤碗碟究竟為甚麼會比高跟鞋和手袋吸引，瑪嘉烈都說不出個所以來。不過，這個愛好不是天生的，當瑪嘉烈開始戀愛之後，她才愈發喜歡行家品部。

有些女朋友喜歡買領帶、銀包送給情人，但瑪嘉烈就喜歡買家庭用品，小則牙籤筒、紙巾盒，大則生鐵鑊、真空煲都試過。可是，一旦瑪嘉烈開始餽贈這些家庭用品給情人之後，便開始情海翻波鬧分手。

瑪嘉烈將自己這個「買家庭用品給情人」的行為，定性為把對方照顧得無微不至的一部分。因為，其實她真的很喜歡為愛人打理家頭細務，這個行為的親密程度只有牀上運動可媲美，但大部分的人都不領情，他們都寧願選擇上牀。

瑪嘉烈已經不是那種會送領帶給男友，然後說「綁住你」的女人，但似乎瑪嘉烈交往過的人都覺得女人送枕頭便是要搬過來同居；他們會視之為雀巢鳩佔，入侵領土，他們不明白，瑪嘉烈只是想他們的生活舒適一點，方便一點，沒有其他。

這天，瑪嘉烈又來到日本城，一個時尚女性不去逛置地而經常流連日本城，真的很另類。她想為大衛添置一個煲湯煲，煲湯都是用明火好，真空煲方便但欠缺火候，怎麼煲也差一點點。尺碼也是很重要的，千萬不要以為，湯一個人飲就可以買小一點，一個人喝雞湯不會只放四分一隻雞吧，僅僅夠放一隻雞沒有位放瘦肉，也是不行的。

還有，大衛需要一塊砧板。瑪嘉烈留意到大衛家裏那砧板是一片的，一片白色膠板，那次拿出來切生果的時候，瑪嘉烈差點以為是滑鼠墊，大衛還說那是「無印良品」的產品，很好的；瑪嘉烈選了一塊木做的，砧板一定要木才可以，膠的會有蟲。瑪嘉烈還買了煲湯用的魚袋、鑊鏟、蒸架。

都選好了，瑪嘉烈如像出了一身汗，選的時候她的確幻想着她進佔大衛的廚房，真的很痛快，大衛差不多時候來接她了。

瑪嘉烈登上大衛的車，大衛問她不是去買大型家品嗎，怎麼兩手空空？

最後，瑪嘉烈逐一將選好的貨品放回原位，一件也沒有買，究竟是她未準備好，還是她怕大衛未準備好？刹掣究竟是前無去路，還是自己想掉頭？瑪嘉烈實在不知道。

這種感覺真的討厭。

在雨中

原來瑪嘉烈是一個多愁善感的女子，除了多愁善感，大衛解釋不到為何人類會喜歡在下雨天散步，還要是裸散，即是不帶傘地散步。

大衛也有過類似的經驗，中學時候總有一兩年是特別感性的，當年感性這兩個字很有格調，人人都爭着行感性來顯出自己的內涵。感性就是看了一句歌詞會把它抄下來，然後看着看着，再重複地抄寫多一次兩次，十次廿次，直到紙張滿滿都是那句歌詞，再把那張抄滿歌詞的紙揑成一團，投進垃圾桶；感性也是在下雨的時候，不帶傘看着城門河發呆，讓那件絨校褸盡情地吸收雨點，然後發霉，除了多愁善感，大抵戇居就是最佳形容詞。

所以當大衛發現瑪嘉烈有這個愛好的時候，的確有點驚嚇，但他又不會用戇居來形容瑪嘉烈，唯有覺得她是多愁善感。

一個多愁善感的情人是很難處理的，看到花朵枯萎，便會想到生離死別，太陽下山便想到世事多變，情感之無謂波動莫過於此；但除了雨中出行之外，瑪嘉烈又沒有諸如此類的多愁善感舉動。

初次發現瑪嘉烈有這個喜好是因為她從來都不帶雨傘，大衛以為瑪嘉烈是同好者，但原來她除了不帶雨傘，她還喜歡落雨的時候出外和雨點作身體接觸；還有，毛毛細雨是不能吸引瑪嘉烈的，她喜歡傾盆大雨。

大衛沒有問瑪嘉烈喜歡雨點甚麼，畢竟雨點不是情敵，很多事都無需要問的，但不去問又不代表不想知。

大衛決定嘗試自己找答案。

夏天的雨季真的很漫長，今晚外面又下着滂沱大雨，瑪嘉烈換了一身夜行裝束說出去走走，大衛的機會來了，他藉詞去便利店和瑪嘉烈一起落樓，然後悄悄的跟在她後面。

跟蹤實在不是一件容易的事，瞻前顧後之餘又要擋雨，瑪嘉烈的步速很急，她根本是在跑步，跑了一段又會慢下來，大衛氣都喘了；跑到某一處，瑪嘉烈甚至把風褸的帽子拉下，讓雨水直接打落她的頭上、臉上；遠眺着她的大衛分不清在瑪嘉烈面上的是陶醉還是愁緒。

大衛想起曾經失戀的日子，他很喜歡蓮蓬浴，一進去就半個小時，因為他可以盡情的流淚，不留痕跡，紙巾也省回；瑪嘉烈會不會當雨水是她的蓮蓬浴呢？當雨水打在她的臉上時，她一定在想着些甚麼，但大衛覺得已經不想知道，這是瑪嘉烈和雨水之間的秘密。

跟蹤到這裏，大衛決定回家，他實在不喜歡淋雨。

第二天，他去買了幾十隻哨子，然後一大盆的放在玄關位置，他着瑪嘉烈每次雨夜行時都拿一隻，情敵防不勝防，但狼總要防的。

有才華

曾經瑪嘉烈選男朋友的方法是這樣的：先例出十個條件，然後剔，看誰得到的剔最多就選他。

後來，瑪嘉烈發覺這個做法行不通，因為她發現那十個擇偶條件久不久就會改變，今天得到八個剔的，很快變成六個。例如，十幾歲時，有個條件是「感性」，那時候感性代表有思想，假如今時今日遇到一個感性的男人，瑪嘉烈只會覺得他作狀。

另一個條件就是文靜，瑪嘉烈有理由想信那是受梁朝偉的影響，當年看了《辣手神探》瑪嘉烈覺得梁朝偉溫文憂鬱，眼神會說話，但這些年來再看，梁朝偉的眼神依然在說話，不過都是說同一句話；看他做電視訪問，說話時候的語調如心電圖成了直線一樣，沒有起伏，實在太悶了。

不過，有一個條件瑪嘉烈一直堅持的，就是「有才華」。哪個女人不愛才？只是她們都不承認，喜歡才華都是一種虛榮。

瑪嘉烈很容易和有才華的人擦出火花，但那些所謂的才華和火花都一樣，燒一會兒便沒有了。

瑪嘉烈曾經幻想如果有人為她寫一封情書，她一定會對那個人神魂顛倒，情信收過不少是真的，但質素平平，大部分如閒話家常，結尾加句"I love you"便充當情書；有些更有很多錯字，瑪嘉烈最討厭人寫白字，「對你的愛務如棉棉流水」，真的很可怕，還說讀過大學。

又試過有個男朋友作了一首曲給瑪嘉烈，還拿着結他自彈自拍了一條短片，但那一次之後，那位男朋友便江郎才盡，開始改送鮮花給瑪嘉烈。

大衛的才華究竟是甚麼呢？

瑪嘉烈不見得大衛會彈琴、作曲、畫畫、寫情信，她見過大衛的手寫字如蝌蚪文一樣，為此她悶悶不樂了一陣子，男人的手寫字要鐵畫銀鉤般才合襯；不過瑪嘉烈知道大抵只有張翠山才有這種功力。

直至那一天，她在手袋發現那張陳奕迅演唱會門票，然後無故在衫袋發現防狼器；還有那一夜大衛絞盡心思，拖延時間，只為帶她去吃一碗麵，還有在計程車上為她而設的主題歌單，瑪嘉烈覺得這些就是大衛的才華。

一個人肯為你花心思，就算只是沖壺茶，煮個麵也是魔法，因為你會因為那壺茶、那碗麵而快樂，同一種事由另一個人來做，卻沒有這個效果，這還不算是才華是甚麼？

大衛還懂得在麵上加點蔥花，簡直才華橫溢。

X X X

　　大衛有一種不安全感，瑪嘉烈不在身邊，大衛渾身不自在。他時刻想着身在孟加拉的瑪嘉烈的狀況，天氣熱嗎？食物好吃嗎？酒店的牀褥太軟嗎？這些答案可能只需傳一個短訊便會得到，但大衛沒有這樣做，他不想妨礙瑪嘉烈工作之餘，更想瑪嘉烈主動聯絡他。

　　除了剛到埗的時候，瑪嘉烈傳過一個信息報平安之後，再沒有瑪嘉烈的消息。大衛以為準是孟加拉地方落後沒有 WIFI 所以傳不了信息，也想過瑪嘉烈是否丟了電話。但是，大衛從 WhatsApp 的最後上線時間看到瑪嘉烈有上過線，那代表不是沒有 WIFI 所以沒辦法聯絡，是瑪嘉烈不聯絡他，也許真的是太忙吧。

大衛試過有些戀愛是以「失蹤」的形式來完結，他不明白為甚麼講分手是那麼難，好歹都說一句，為甚麼要玩失蹤？大衛的不安全感也是這樣累積起來的。

為了排遣對瑪嘉烈的思念，大衛不斷在搜尋孟加拉的資料。

孟加拉在印度的東面，坐飛機從香港出發需要四小時，交通情況和很多發展中國家一樣，由早到晚都在塞車，交通工具有巴士、tuk tuk，路面情況混亂，經常有人被車車死；幸好瑪嘉烈由公司車接載，應該安全的。

孟加拉有一個全世界最大的沼澤區 Sundarbun，有梅花鹿，有鳥可觀，幸運的話還可以看到孟加拉老虎，瑪嘉烈那麼喜歡大自然，公餘時間可能會去觀光一下。孟加拉的食物可以用沒有特色來形容，大抵都是飯，加一些炸雞、炸羊，瑪嘉烈不太喜歡煎炸食物，她只喜歡吃港式的炸雞髀，幸好她有帶一些杯麵去孟加拉。

大衛對瑪嘉烈的不安全感都在思念下蒸發了。

大衛沒有每日查看大廈信箱的習慣，現在甚麼也講電子，已經很少收到實體的信，收到的都是宣傳單張，隔兩天清理一次也不遲。這天大衛如常在信箱找到一大堆宣傳單張，有 Pizza Hut 的外賣紙、社區驗身優惠、外傭公司推介，大衛左手拿過單張，右手便放進垃圾桶；這一張有隻老虎的是甚麼呢？大衛靈光一閃，難道是孟加拉虎?!來自孟加拉的名信片?!

瑪嘉烈那麼浪漫？他反轉那張卡的另一邊，右上角貼了一個印着 DHAKA 的郵票，郵票底下是大衛的地址，是手寫的，左邊寫着：

大衛：

XXXXXXX

M

XXXXXXX 是甚麼？分手總要在雨天？愛到分離仍是愛？還是覺得你最好？抑或是「不要吃那麼飽哦」，自己猜猜吧。

煙裊裊

Common interest 對一對情侶來說，重要的程度如八字相夾，有一兩樣共同嗜好，可以令雙方在相識初期更容易投入這段關係。

瑪嘉烈有一個嗜好，就是抽煙，抽煙怎麼說都不是一個良好嗜好，所以當瑪嘉烈發現大衛都是一個吸煙者的時候，如衝破了一個障礙。瑪嘉烈喜歡和大衛一起在車內抽煙，尤其當大衛駕着車的時候，一人一邊把窗打開，享受着窗外的風，一邊抽煙，好有一種雌雄大盜的感覺。

實情是，大衛只是一個 social smoker，煙可抽可不抽，有需要時候便抽。大衛覺得一對戀人一個吸煙一個反吸煙是會影響感情的，所以他有時候都會陪陪瑪嘉烈，況且瑪嘉烈抽煙的手勢很好看，拿着煙不知在想甚麼時的神情也很吸引。

每隔一段時間，大衛都會以開玩笑的語氣提出不如我們試試戒煙吧，瑪嘉烈也沒有反對，但這提議就如不如我們少喝點酒，不如我們一星期去做一次運動，通常只實行了三兩次便如完成任務，拋諸腦後。

大衛也就沒有特別的強迫瑪嘉烈，因為他知道抽煙對瑪嘉烈來說不只是一個嗜好。而且，他記得瑪嘉烈告訴過他，她以前是不抽煙的。當然啦，每一個人開始抽煙之前都是不抽煙的，正如兩個人在互相認識之前都是陌生人一樣。瑪嘉烈的意思是說，因為以前認識了一個抽煙的人，所以她便開始抽煙。

最近大衛發現瑪嘉烈少抽了煙，一個人忽然改變習慣，背後一定有原因。由一天抽一包，到一個星期抽一包，到一個月抽一包，瑪嘉烈最後戒了煙。大衛沒有問瑪嘉烈為甚麼會有戒煙這個念頭，他只知道在瑪嘉烈開始戒煙到戒了煙這期間，他們的感情很好，大衛覺得瑪嘉烈整個人徹頭徹尾完全投入了他們，再沒有以前拿着煙，靈魂卻不知飛到哪裏的神情，大衛覺得很欣慰。

瑪嘉烈是不是因為自己才戒煙，大衛不知道，瑪嘉烈現在有沒有因為那個他又拾回抽煙這個寄託，大衛更加不知道。

大衛只知道今夜他又想念起瑪嘉烈，每次想起她，大衛都會抽一根煙，而這已經成為他的一個習慣，幻想着和瑪嘉烈一起抽煙。

不喜歡

了解你的愛人，先要了解他不愛的人。

大衛覺得這是智慧，知己知彼、百戰百勝是道理，但是不能只從投其所好入手；投其所好只能知道對方的品味，在開展關係時可以大派用場，不過關係發展到一個階段，要知道對方不喜歡甚麼，比了解他喜歡甚麼更重要。

因為他日他要離開你，都是從「不喜歡」開始。

甚麼是「不喜歡」？不喜歡和喜歡不是一個必然的對立，瑪嘉烈喜歡運動不代表她不喜歡不做運動的人，所以不能從這個方向去理解瑪嘉烈不喜歡甚麼。

對於瑪嘉烈的喜好，大衛大致上都掌握得到，但想到瑪嘉烈不喜歡的，大衛一時又想不到；準是瑪嘉烈平易近人，對甚麼也很包容。不喜歡……不喜歡棉花雞，對沙嗲牛肉也沒有好感，但一個不喜歡吃棉花雞的女人代表甚麼呢？還有，她煮公仔麵一定不會加蛋，因為加了蛋會破壞湯的味道，瑪嘉烈也不喜歡蛋糕和麵包，難道真的食色性也？

大衛還想到，但凡談到一些拋棄原配，另娶新歡的例子，瑪嘉烈也深痛惡絕，大衛自問也是專一的料子，這方面的要求應該是沒有問題的。看來瑪嘉烈是選定了便不會改變的人，但問題是，她談了那麼多年戀愛還是選不定。

他有問過瑪嘉烈跟以前的男朋友分手的原因，她都是不置可否地回應「不喜歡他」、「他人很悶」，聽到個「悶」字，大衛又有點不安，因為他自問不是一個很精彩的人，不會經常帶給伴侶驚喜，而且有不少舊情人都覺得大衛是一個很悶的人，不過悶的人多數又屬於專一。

大衛記得他們初初交往的時候，瑪嘉烈問過他喜不喜歡人家很喜歡自己，這個問題倒把大衛問到了，照常理誰不喜歡人家喜歡自己？但若果去到了一個很喜歡的程度，就開始是一個負擔，而且太快愛到底，便沒有挑戰性。他當時沒有給瑪嘉烈一個答案，因答「不喜歡」，他又怕瑪嘉烈收起她的熱情；若答「喜歡」，又怕瑪嘉烈覺得有壓力，其實答案在乎於那是否對的人。

可能瑪嘉烈根本不喜歡情人太喜歡她，所以她才會問這個問題，哦，原來這是答案。

公主道

瑪嘉烈其實是一個很普通的名字，沒有認識瑪嘉烈之前，大衛對這個名字毫無感覺，也毫無印象，他不記得認識過誰的名字是瑪嘉烈。

但是，自從和瑪嘉烈一起之後，這三個字在大衛的心目中起了微妙的變化。他開始在日常生活中的小節留意到瑪嘉烈是無處不在，例如：新聞報道員說車禍傷者送去瑪嘉烈醫院，行過書店見到大量戴卓爾夫人的書籍，然後開始發現那條著名的公主道，英文是“Princess Margaret Road”；凡此種種的偶遇，大衛也會覺得欣喜，像真的遇上瑪嘉烈一樣。

然後，大衛開始發覺自己和一系列的Margaret很有緣。

有一天，大衛如常在早上泡茶，打開一盒有十二款的茶包，首先捲入眼簾的是一款叫“Margaret's Hope”，這盒茶大大話話都喝了半年，從來沒有留意到有一款和瑪嘉烈有關。

又有一天，在超級市場行過洋酒部，眼睛好像被一些甚麼吸引着，原來有一瓶酒叫“Margaret River”。

又再有一天，大衛在時代廣場的的士站等客，不經意地往旁邊一望，看到麥當勞那個M字，他也想起M字是代表瑪嘉烈。

喜歡一個人就是會有這麼美妙的感覺，能令一些平平無奇的死物增值，變得有生命力，尤其當兩個人還是相愛的時候，那是一種跳躍的生命力。

但是，當大家已經不在一起時，這些偶遇又代表甚麼呢？算是有緣？這種有緣只是一種嘲笑，有緣就不會分開。沒有緣，那一定是放不開，所以對關於瑪嘉烈的一切很敏感。究竟是瑪嘉烈不放過他，還他放不開瑪嘉烈？

大衛駕着車，來到跑馬地的St. Margaret's Church，大衛記得曾經和瑪嘉烈經過這裏，他還對瑪嘉烈説那是她的教堂，要不要在這裏結婚，瑪嘉烈還説他很無聊。

當一個人擁有了一個名字的時候，也許最大的好處是，當人不在時，還會以不同的形式存在；公路是她、茶包是她、葡萄酒是她，在心裏植了根，不見也如相見，離不開。

大衛知道就算他日再認識一個叫瑪嘉烈的人，也無法取代這個瑪嘉烈；瑪嘉烈Margaret這個名字，在大衛的字典中就只屬於他的瑪嘉烈。

幸好，瑪嘉烈要回來了。

終於去完孟加拉，大衛正在往接機途中，不如先兜過公主道，感受一下瑪嘉烈的氣息，大衛實在太想念瑪嘉烈了。

嘆了氣

瑪嘉烈決定和大衛結婚。

大衛愛她、遷就她、有頭髮、有的士、沒有鼻鼾，甚麼都好。可能就是因為「甚麼都好」，女人去到一個年紀，真的要嫁一次，甚麼都好，找到一個愛自己的人，應該甚麼也沒有所謂。

瑪嘉烈在答應了結婚之後，開始籌備婚禮。她發覺過程之中自己出乎意料地投入，也出奇地妥協。她曾經說過，她結婚一定不會穿婚紗、不設酒席、不生孩子，但自從決定要結婚，想法便不同了。

一生人一次的大事，怎能不隆重其事？於是，瑪嘉烈找設計師訂造婚紗，其間尺碼、款式修改了廿次以上，因為她不斷的消瘦，瘦了會影響原本的款式，總之一切要完美。

結婚雖然是兩個人的事情，但一定要有很多九唔搭八的人參與。瑪嘉烈連這一方面也做到足，像今天晚上，她更應一班八婆邀約，參加她們為她辦的 bridal shower。

女人總有一些所謂「姐妹」朋友，查實和男人那些豬朋狗友一樣，都是柴娃娃，嘻嘻哈哈。這一班「姐妹」是從工作上認識的，沒有一個嫁出，瑪嘉烈懷疑她們當中，有多少個是真心祝福她，不過甚麼都好。

瑪嘉烈其實討厭這個活動討厭得不得了，一大班女人狂飲酒，說八卦，她至少聽到五宗誰和誰和誰搭上了的消息。Bridal Shower 最無聊的就是找來只穿 T-back 的舞男來表演；不出所料，真的有這一幕，也不出所料，最興奮的是她們。

除了因為這個活動很無聊之外，令到瑪嘉烈心緒不寧的原因就是她要結婚了。

喝了不少香檳的瑪嘉烈，看着女友們撫弄舞男的胸膛，有的更把鈔票攝進他們的 T-back，女人真的很寂寞，瑪嘉烈又累又醉，她只想派對快點完結。

瑪嘉烈拿出手機來看看，大衛傳了不少信息給她，都是着她小心一點，不要喝太多，喝醉了不要洗澡也不要去便利店亂叮點心……諸如此類的關心問候，瑪嘉烈沒有回覆。

這個時候，手機又在震動，又有新信息。瑪嘉烈不情不願的拿出來查看，那不是預期的大衛。

前度出現的時間有時真的很討厭，他們好像知道你正在想着他們，又或者專挑一些深宵時刻，待你意志薄弱的時候巧合地出現，瑪嘉烈懷疑當中可能有線眼，負責通風報信。

對了，說道瑪嘉烈要結婚，她最捨不得、放不低的就是這個前度。短訊沒有甚麼特別，就是三個字：「你好嗎？」

瑪嘉烈看着這三個字，良久。然後瑪嘉烈選了那個紅心飛吻的 icon，發送給大衛。

斜紋的

瑪嘉烈沒有想過她會跟一個的士司機戀上，她規劃中的人生不是這樣。原本以為她會和初戀男朋友一拖拖到尾，真的有想過結婚生子這回事，但原來中途是可以鬆手的。幸好，當天鬆了手；有時候，不爬過一座山，便不會知道山後面是另一座山還是山雨欲來。

瑪嘉烈和雨水有一個秘密，除了因為她最喜歡張學友的歌是《分手總要在雨天》之外，還有相識總是在雨天。

當年瑪嘉烈畢業不久，一直轉換工作，由銀行到酒店，旅行社到珠寶店的工作她都做過，她發現自己有一種三分鐘熱度的基因；又或者總的來説是因為她沒有甚麼事業心，女人都是看愛情較重要，難道將愛情發展為事業嗎？

關於雨水最奇怪的一個記憶是在瑪嘉烈中學的時候。那個下午正在上悶人的中國歷史課，忽然間雷聲大作，看出窗外，雨點是以斜紋的形式出現，當其時教中國歷史的肥佬陳顯出感性的樣子，讓全班同學停下來幾分鐘，看看外面的雨勢。瑪嘉烈當時不知道這些斜行的雨水有甚麼好看，只覺肥佬陳本身想休息一下，直至……

那是一個炎夏，本市的夏天可以熱死人，也可以淋死人。那一天出門的時候還是陽光普照，一個早上之後，天好像要崩塌下來。

有一種雨水是無論你有沒有傘也會如狂蜂浪蝶撲向你身的，瑪嘉烈慶幸情況是這樣，因為她最討厭帶雨傘，既然已沒有分別，她覺得自己很精明。

下班時間，尤其是下雨天，要在金融區截得一輛的士大概比得到愛情還要難。好不容易，望穿秋水，又無緣無故地有一輛的士在瑪嘉烈面前停低。她以為是剛好有人要下車；的士停在她面前之後，車門打開，十足那些狗血電視劇的場面，車廂內竟然有一把聲音傳出：「小姐，外面很大雨，如不介意你上車吧。」

他叫大輝。

他們就是在雨水以斜紋的形式出現時相識，自此之後，每逢下大雨，瑪嘉烈也會想起他，但始終雨點都沒有那天那麼斜，她知道這是心理作祟。

瑪嘉烈沒有想過到了若干年後，又會有一架的士無緣無故的停在她面前。當大衛的的士停在她面前時，有這麼的一剎那，她以為可以再聽到大輝的聲音。

如果，人生只可以有三件事是忘不了的話，瑪嘉烈的其中一個選擇就是那個斜紋的下午。

瑪嘉烈不想深究是否因為大輝她才會留意大衛。

她根本沒打算告訴大衛，情侶之間不需要太坦誠。

戀愛這回事如抽生死籌，都是各安天命的。

擠牙膏

大衛很不喜歡一些被濫用的比喻，例如：擠牙膏。

報章雜誌經常用「擠牙膏」來比喻政府官員在發佈消息、回應事件的時候，看着情勢，逐少逐少地發放資訊，「擠牙膏」成了不誠實，隱瞞的意思。

每逢聽到新聞說又有人「擠牙膏」了，大衛覺得這真是侮辱了「擠牙膏」這個動作。

擠牙膏是一個多麼甜蜜的舉動，你的生命中，有幾多個人會為你擠牙膏？大抵除出孩童年代，只有飯來張口的活動能力的那些年，才有機會得到如此程度的款待。

大衛本來已經忘記了這個行為，直至大學期間他和當時的女朋友去旅行，澳門兩日一夜遊。那時候的澳門還未變成黃金俠，《咀香園》還未被《鉅記》搶過風頭；過澳門絕對是一個適合情侶做的活動，因為只需一個小時的船程便有離境遠走的感覺，更重要的是可以住酒店，這對戀人來說是很重要的。

大衛記得那次他們訂了一家三星級酒店，乾淨企理，女朋友也很滿意。於是，那一夜他們在那間二百尺的酒店房間內吃外賣回來的葡國雞，到了晚上的節目就是在那張四乘六的雙人床上，一。起。砌。圖。

大衛不明白為甚麼女朋友會買一盒八百塊的拼圖遊戲和他一起過澳門，還要是砌出如九寨溝那些山山水水，每一片都幾乎是一樣的，足足砌至深宵才砌完，大衛雙眼都睜不開了，大概女朋友害怕大衛會有不軌企圖，於是乎用砌圖法來消耗大衛的體力。

目的達到，大衛在貼上最後一塊併圖之後便極速睡去。

第二朝醒來，女朋友已經梳洗整齊，等着大衛一起去大三巴。大衛覺得十分詭異，究竟她昨晚有沒有換過睡衣？他們有沒有略略作過些微的身體接觸，大衛完全沒有印象，她就像觀音一樣，冷靜地坐在床尾等大衛醒來。

大衛看到她，心裡着實有一點寒意，但見有陽光從窗簾透進房裡，也稍為放心。大衛不敢怠慢立即步進洗手間，他看到洗手盤放了一只載了水的漱口杯，擠好了牙膏的牙擦，其時大衛沒有甚麼感覺，女人都是喜歡照顧人。

有人為你擠牙膏是一件頂級無微不至的事情，至少比擠黑頭不知衞生多少倍，不過大衛當時感受不到。

直至那一次他和瑪嘉烈去旅行，在浴室看到瑪嘉烈自己帶來的牙膏。出發前大衛問瑪嘉烈要為她帶牙刷嗎？瑪嘉烈說不用，她自己會帶，想不到她連牙膏也帶來私伙的。是不是瑪嘉烈不想和他共用一支牙膏？共用牙膏的親密度比得上針筒嗎？

大衛沒有用他自己的那支牙膏，他用了瑪嘉烈的。他要擁有和瑪嘉烈用同一支牙膏的親密關係。大衛刷完牙之後，腦海裡忽然出現有人替他擠過牙膏的畫面。於是，他很自然的斟滿漱口杯的水，然後為瑪嘉烈的牙刷擠上了牙膏。

瑪嘉烈看到那準備就緒的漱口套裝，沒有甚麼反應。

瑪嘉烈有沒有將那支擠好了牙膏的牙擦放在心裡，大衛不知道；也許要到了有一天，瑪嘉烈找到一個她會為他擠牙膏的人才會想起，在某一年曾經有人為它擠過牙膏。

或者，我們都需要別人提醒我們曾經如何被愛，希望到時候，瑪嘉烈會明白那牙膏上的愛，不是擠出來的。

外傳

如果有平行時空的話

你我牠

大衛和瑪嘉烈展開他們的新生活，開始同居，他們當然有結婚的打算，但同居是結婚前的一個測試，先一起住，了解一下大家的生活習慣，免得日後才你嫌我，我嫌你，這是一個文明的做法。

為了這個轉變他們做了很多準備工夫，如微調大家對牀褥硬度和睡房燈光的要求，為了廁所板的上落約法三章，萬事俱備。

為了迎接大家正式進入對方的生活，大衛還為他們帶來了一個驚喜，他買了一頭小狗，他希望和瑪嘉烈一起共同養育一個生命，看看大家能否合拍地照顧小狗，共同分擔一個責任，初嘗一家三口的感覺，為未來組成家庭作出準備，瑪嘉烈對此也並不反對。

他們為小狗一起改名，餵牠，帶牠散步，樂此不疲，在狗面前他們還自稱爸爸、媽咪，叫狗做BB，待小狗如同他們的兒子一樣。

踏入蛇年，瑪嘉烈諸事不順，工作碰壁且三日一小病，於是她去了看流年運程。相士告訴她今年是沖太歲，凡事有阻滯，但只要耐心忍讓自能逢凶化吉，最後相士提點了一句：「一字記之曰狗」。今年盡量避免和狗有接觸。

瑪嘉烈一回到家，BB便出來迎接，狗是會笑的，牠撲上瑪嘉烈的身上，不斷的嗅她，要和她玩，瑪嘉烈只摸了BB的頭一下，便把睡房門關上。

瑪嘉烈將她的憂慮告訴大衛，大衛是一個男人，但他同時都是一個女人湯丸，女朋友是他的領航員，女朋友想怎行他便怎行，於是他同意瑪嘉烈的提議，把BB放在寵物店寄養一年，一年之後他們會接BB回家，寄養並不是遺棄，他這樣告訴自己。

有許多次大衛都有提出接BB回家小住，但瑪嘉烈就是抗拒，大衛也就不堅持。

半年之後的一天，大衛回家後發現瑪嘉烈搬走了，所有屬於她的東西她一件不留，留下的只有一張貼在雪櫃的 post it，上面寫了「對不起」三個字。

大衛每一天都在盼望瑪嘉烈會回來，但她就像人間蒸發，大衛一聽到門外有鎖匙聲便以為那是瑪嘉烈，可惜希望一次又一次的落空。在想瑪嘉烈的時候，他終於想起了BB，他決定去寵物店把BB接回來。

寵物店原來已經易手，新的負責人告訴大衛他的BB在早幾個星期前已經死了，還說那是一隻很抑鬱的狗，每一天都吃得很少，任何人逗牠玩也提不起勁，只瞪着門口，一有人開門便擺尾，然後又失望地停了下來。

大衛看到自己的影子，世事都是一個循環。

留落夜

作為一個文藝青年，看一些外語片或冷門電影是指定動作，十八年前大衛在同學面前推介 *Before Sunrise* 這部電影，吸引了瑪嘉烈。當年還流行租賃錄影帶、影碟，瑪嘉烈便租了這部電影回家看。故事說一男一女在維也納浪蕩一天，有一句沒一句的天南地北，最後相約半年後在同一地點再見，開放式結局，瑪嘉烈不覺得特別浪漫。不過，因為看了這部電影，她和大衛有了一個共同話題，這也是瑪嘉烈看這部電影的原因。

大衛還記得瑪嘉烈來找他討論電影橋段時的堅持，她堅持男女主角一定會爽約，那一夜的浪漫都不過因為大家都百無聊賴，人無聊便會色心起，回到現實生活自有其他的人和事去忙，就算真的應約都不過是再一次的閒來無事而已。

可能當時大家都有其他事要忙，他們並沒有因此發展成為情侶，有些戀愛注定要蹉跎一下你的人生，在其他人的懷抱來來回回幾次之後才會發生。

九年之後日出變成日落，*Before Sunset* 終於要上演，因為這部電影大衛決定去約會瑪嘉烈。大衛一早買好戲票，瑪嘉烈也知道大衛的用意，

Before Sunset 是大衛和瑪嘉烈第一套看的電影。瑪嘉烈仍然不滿意電影的結局“Baby you are gonna miss that plane”即是怎樣？不過，這無阻他們在以後看了更多的電影。

誰也想不到再一個九年之後還會有 *Before Midnight*。

大衛很期待這部電影上映，因為這系列電影像是他和瑪嘉烈之間的一個吉祥物，每次這部電影出現總能令他們的關係得到一點啟示、滋潤、生機……一段感情如果只靠九年一次的滋潤，應該非常接近枯萎或其實已經枯萎了，大衛知道，他們已沒有了愛情，火花燒過再復燃也不知多少遍，但他總覺得她和瑪嘉烈還是有希望的。

他倆就好像戲中的主角一樣，同步成長，過一段時間交會在一起，交換近況，這電影就好像一個老朋友。

雖然他已記不起上一次和瑪嘉烈進戲院是甚麼時候，但今年是他們結婚五周年，就和瑪嘉烈去看這部電影吧。

闖不過

呯！

這是大衛在世上聽到的最後一下聲音，那呯一聲是一輛七人車和一百七十磅的他相撞的聲響，大衛被撞起再重重的摔在地上，奄奄一息。

有人說人在臨死前會看到一生的片段在回帶，原來是真的，大衛看到瑪嘉烈。

大衛年過四十，是一名攝影師，瑪嘉烈是一名模特兒，嚫模那種，年紀大的男人都喜歡少女，少女都喜歡依靠，大衛和瑪嘉烈相識在一個工作天。

那天，大衛替一個產品拍硬照，瑪嘉烈是其中一個模特兒，論五官、身裁瑪嘉烈都不是排第一，但她有一種隨意的惰氣，在等候拍攝的時候，其他女子都在補妝、整頭髮，她就只在一旁玩手機，她低頭的專注吸引了大衛。

不久，他們成為了情侶，交往了四至五年，感情發展相當順利，如無意外，他們應該可以結婚。

大衛對瑪嘉烈無微不至，可能因為自己比她的年紀大很多，所以總覺得自己有責任去照顧她。

無論瑪嘉烈有甚麼難題，大的小的、易的難的，大衛都一力承擔，而且每次問題都迎刃而解。例如：瑪嘉烈沒有工作，他便把她推薦給相熟的客戶，瑪嘉烈不想工作，他便和她一起去歐洲旅行，她半夜失眠要看日劇，他陪她看，她減肥，他為她找來減肥餐單，陪她一起吃沙律，瑪嘉烈要天上的星，大衛都有辦法。

他對瑪嘉烈許下一個諾言就是不論她遇上甚麼難題，他也一定會在她身邊，一起共度難關。

瑪嘉烈眉頭深鎖已經差不多一個星期，直至這一天瑪嘉烈把她的 iPad 遞給大衛。大衛有一刻懷疑過她的女朋友給拍下了裸照，現在被人威脅；捲入眼簾的不是甚麼裸照，而是Candy Crush。瑪嘉烈給滯留在第一四七關已經有一個星期，她終於要向大衛求救，希望大衛可以幫他過關。

這是大衛第一次接觸 Candy Crush，他日以繼夜、廢寢忘餐，不放過任何可以玩 Candy Crush 的時間，沒有 Facebook 戶口的他因而開戶，因為要向朋友索命，可惜那一四七關比情關更難闖得過。

今天好像有點運氣，divine, sweet, divine, sweet，大衛看到還剩下一枚啫喱要毀滅，大衛想着，好了，終於可以完了；慢着，這枚頑固的啫喱需要撞三次才可以被消滅，但他只剩下兩步可以行，怎麼辦呢？怎麼辦呢？

最接近完結這一關就是這一次，買武器吧，買個波板糖可以敲碎啫喱。大衛按下波板糖的圖案……要輸入 iTunes 的密碼，密碼是甚麼呢？要打電話問瑪嘉烈……

呼！

這是大衛在世上聽到的最後一下聲音，有人說人在臨死前會看到一生的片段在回帶，原來是真的，他還看到那些間條波波、四方糖果、朱古力，還有那一顆永遠都拆不掉的啫喱。

十年煙

瑪嘉烈和大衛一起三個月之後，大衛第一次提出分手，理由是他覺得和瑪嘉烈一起再擦不出火花，意思是那種很愛的感覺，三個月內已經消失。

瑪嘉烈不想分手，於是便提議不如大家先冷靜一下，遲一點看看有沒有死灰可復燃才再作定奪。大衛也沒有甚麼所謂，畢竟不太絕情也是好的。結果，兩個星期後，他們便復合，原因是大衛在這兩個月期間，害了一場大感冒，瑪嘉烈日夜悉心照顧大衛，大衛深深感動，覺得這個女人其實很好，火花早晚都會燒光，何必執著呢？

如是者，大衛和瑪嘉烈過渡了三年，三周年紀念日的翌日，大衛第二次向瑪嘉烈提出分手，理由是大衛發覺他變了心，喜歡了別人。

瑪嘉烈不想分開，她向大衛提議看看三個月之後，他還是否喜歡那別人，再作定奪，大衛也不反對，畢竟是自己不對。結果，過了一個月，大衛要求復合，因為他發現當自己跟那位新歡一起的時候，瑪嘉烈的影子不斷出現，而且那個新人，處處不及瑪嘉烈，比較之下，還是覺得瑪嘉烈最好，瑪嘉烈也樂得大衛回頭。

如是者，大衛和瑪嘉烈過渡了第七年，日子總要有點動盪才配得起七年之癢，大衛第三次向瑪嘉烈提出分手，理由是大衛發覺自己不能給瑪嘉烈承諾，已經七年了，他發覺他連一隻普通的戒指也不想送給瑪嘉烈，他知道他愛極也只能愛到這個地步，女人的青春是很寶貴的，既然不能給一個女人承諾，也不好拖着她。

瑪嘉烈不要承諾，她只要大衛，她告訴大衛她其實不太相信婚姻，兩個人能夠一起就好了，結不結婚是不重要的。她希望大衛能給大家一點空間再去想想大家的關係，分手不急在一時，大衛也贊成。結果，過了兩個月，大衛要求復合，因為他發現沒有瑪嘉烈的生活，實在太空虛。

如是者，大衛和瑪嘉烈一起已經十年，大衛覺得是時候了，他打算向瑪嘉烈求婚。他帶着玫瑰花、一隻婚戒，準備給瑪嘉烈一個驚喜。

瑪嘉烈正步出辦公大樓，大衛正要迎上前去的時候，有人從大樓裏追出來，那人似是同事，遞給瑪嘉烈一份文件，瑪嘉烈笑意盈盈，接過文件之後輕吻了對方的嘴唇一下，二人很快的各自轉身，剛才的事猶如沒有發生過。

大衛看到了這一幕，如夢初醒，他終於明白為甚麼瑪嘉烈怎麼也不會跟他分手，瑪嘉烈需要他這個假象，他做了十年煙幕。

剛才瑪嘉烈吻的那個是女的。

幸福是

大衛能夠從芸芸情敵手上把瑪嘉烈追到手，很大原因是他能彈得一手好結他。那些年追女仔不外乎都是那幾招，就是攝影、彈結他和看掌相，恰巧瑪嘉烈喜歡聽歌，大衛喜歡彈結他。

他們第一次的約會是去看陳百強演唱會，在演唱會上陳百強唱了Don Mclean的*Vincent*，他看見瑪嘉烈聽得如癡如醉，於是他便回家練習這首歌，某一夜大衛拿着結他到瑪嘉烈家中彈給她聽，自此瑪嘉烈便對大衛如癡如醉。

當年大衛和同學組了一隊樂隊，所有喜歡夾band的年輕小伙子起初都有一團火，以為自己可以成為Beatles，不過最接近Beatles的只是忠誠地演繹了*Let it be*，音樂夢想在現實生活中最快Let it be...

當然大衛有想過去當一個結他手，不過大學取錄他的是醫科不是藝術科，於是他的目標便是做醫生，能拯救人命總是好的，況且要給女人安全感，醫生一定大過結他手，band友是用來戀愛，醫生是用來結婚，這是一個常識。

瑪嘉烈，大衛很愛這個女人，由他們第一天開始一起，他便暗暗對自己說，他要給這個女人最大最多的幸福，但幸福是甚麼？大衛不知道，他只是努力工作，因為要給瑪嘉烈舒適的生活；他買很多份保險，他要瑪嘉烈的生活有保障，他不抽煙、不喝酒、不作高危活動，他許願希望瑪嘉烈比他早死，失去至愛的痛苦讓他承受吧，他的心裏只有瑪嘉烈一個。

他們結婚已經有六年，小朋友也有了兩個，用安逸兩個字來形容他們一家人的生活最適當不過，但大衛最近有點心緒不寧，一個問題不斷纏擾着他，幸福究竟是甚麼？

然後，他有了這個想法，但不敢親口告訴瑪嘉烈，他怕這個想法衝擊到他們現在的幸福。於是，他上班前寫下了一張字條，然後用磁石貼在雪櫃上，瑪嘉烈看到之後，應該有反應。一整天，他都在等瑪嘉烈的短訊，但一個信息也沒有，不如打消那念頭吧，大衛對自己說。

下班了，大衛在家的大門前深呼吸了一下才打開門，他看到一個簇新的結他，大衛熱淚盈眶。

大衛不是要再度夾 band，他告訴瑪嘉烈，他打算去參與「佔領中環」。

《後記》

南方舞廳

朋友聽到在下會出書，第一句是恭喜，第二句是夢想成真。夢想成真？出書是不是我的夢想呢？夢想大抵應該屬於一些大事件，例如：世界沒有饑餓、動物不再被虐待、同性戀不被歧視、普選可以實現等等。

出書不是夢想，只是理想。

兩位幫我寫序的朋友不約而同對於我沒有將感情事向他們傾訴略有微言，如林夕所言，情事真的沒有甚麼好說，都不過是你愛他，他卻不愛你，愛你的人不是你愛的人，無聊到的地步，說出口也怕難為情。況且，有句話叫苦不堪言，是真的，到了可以反芻出來，已經事過境遷，說不說也沒有關係，過了期的情事如過了期的娛樂新聞，比馬經版還要悶。

這本書也許歸納了這些年來從戀愛這項無比無聊活動中得來的體會，戀愛是不同形式撲空，而唯有憑空寫低，戀愛才勉強有一點價值。

第一個瑪嘉烈和大衛的故事是「闖不過」，那時全民正在為“Candy Crush”迷上癮，恰巧看到某作家在雜誌寫一些男男女女的短篇，於是也技癢，寫一下。原本的想法是每個故事的瑪嘉烈與大衛的身份也不同，就是收錄在外傳的那幾篇，但寫了「計程車」一篇之後又覺得不如將故事繼續下去。曾經看過一本關於廣告人的書，書中說道每一個撰稿員的抽屜總有一個寫了一章的小說，再真實不過，我的抽屜有太多的第一章，幸好終於有一本。有些事情，不開始，永遠不會知道結果如何，開始了，至少會有結果。

人生總有一些瑪嘉烈一些大衛走過，假如你找到自己的影子，就當是過去來和你打聲招呼，順道說聲好。

WE PRESS
香港人出版

書名　瑪嘉烈與大衛的最初

作者　南方舞廳

出版人　王凱思

出版　香港人出版有限公司
WE Press Company Limited

地址　香港灣仔皇后大道東109-115號智群商業中心14樓

網址　www.we-press.com

電話　(852) 6688 1422

電郵　info@we-press.com

印刷　亨泰印刷有限公司
香港柴灣利眾街27號德景工業大廈10字樓

設計　o:janworks*

ISBN　978-988-13267-0-6

出版日期　2014年初版
2015年第二次版
2016年第三至七次版
2017年第八至十次版

書價　HK$68